Alfred Hitchcock

Die drei ???
Geisterstadt

Erzählt von Brigitte Johanna Henkel-Waidhofer

Deutscher Taschenbuch Verlag

Von Alfred Hitchcock sind außerdem
bei dtv junior lieferbar:
Die drei ??? und die flüsternde Mumie, dtv junior 7022
Die drei ??? und der Super-Papagei, dtv junior 7316
Die drei ??? und die gefährliche Erbschaft, dtv junior 7387
Die drei ??? und das Gespensterschloss, dtv junior 7480
Die drei ??? und das Riff der Haie, dtv junior 70099
Die drei ??? und der Rote Pirat, dtv junior 70143
Die drei ??? und der seltsame Wecker, dtv junior 70168
Die drei ??? und das Aztekenschwert, dtv junior 70221
Die drei ??? und die gefährlichen Fässer, dtv junior 70277
Die drei ??? Gefahr im Verzug, dtv junior 70355
Die drei ??? Gekaufte Spieler, dtv junior 70393
Die drei ??? und der riskante Ritt, dtv junior 70427
Die drei ??? – Tatort Zirkus, dtv junior 70490
Die drei ??? – Die verschwundene Seglerin, dtv junior 70533

Ungekürzte Ausgabe
In neuer Rechtschreibung
3. Auflage Juni 2000
1998 Deutscher Taschenbuch Verlag GmbH & Co. KG,
München
www.dtvjunior.de

ISBN 3-440-06891-9
Umschlagkonzept: Balk & Brumshagen
Umschlagbild: Hanno Rink
Gesetzt aus der Bembo 11/13˙
(Diacos, Barco Optics 300 Q)
Gesamtherstellung: Ebner Ulm
Printed in Germany · ISBN 3-423-70461-6

Inhalt

Tante Mathilda ist verschwunden

Justus merkte sofort, dass etwas nicht stimmen konnte, als er die Klinke herunterdrückte. Verwundert grapschte er in der rechten Hosentasche nach seinem Schlüssel und schloss die Haustür auf. Es roch intensiv nach gebratenem Fleisch. Er stürzte in die Küche, warf den Blumenstrauß auf den Tisch und öffnete das Backrohr, vor dem ein angekokeltes, rauchendes Geschirrtuch hing. Heißer Qualm und beißender Gestank schlugen ihm ins Gesicht. Mit einigen raschen Handbewegungen versuchte er den Rauch zu verteilen, aber immer neue Schwaden drangen ihm entgegen. Er bekam das Geschirrtuch zu fassen und warf es in hohem Bogen in die Spüle. Er wandte sich ab und atmete tief durch, dann hielt er sich die Nase zu und fingerte mit der anderen Hand nach einem zweiten Tuch, das neben dem Geschirrschrank an der Wand hing. Er bückte sich, griff ohne etwas zu sehen ins Rohr, bekam einen Henkel zu fassen und zog daran. Die alte Eisenpfanne kam zum Vorschein. Mit einem geschickten Handgriff hob er sie heraus. Durch den Qualm sah er einen total verkohlten Braten. Er stellte das schwere Ding auf die Ablage neben der Spüle, drehte das Backrohr ab und öffnete das große Fenster.

»Puuuh.« Justus fuhr sich mit der Hand über die Stirn. Der Braten dampfte noch immer und erinnerte stark an ein stinkendes Stück Holzkohle. Verwundert sah er sich in der verrauchten Küche um. Zweimal hatte ihm Tante

Mathilda eingeschärft auch ganz bestimmt pünktlich um sieben Uhr zum Abendessen daheim zu sein. Weil es wie jedes Jahr am Valentinstag Rinderbraten gab – eine gute alte Tradition in der Familie Jonas. Und nun war sie selbst nicht da.

Mit spitzen Fingern zog er an einer Ecke des verkokelten Geschirrtuchs, das in dem Becken lag. Nach den rabenschwarzen Brandflecken zu urteilen hatte nicht viel gefehlt und es hätte Feuer gefangen. Noch einmal wischte er sich den Schweiß ab.

Dann ging er langsam in den Flur. Er schloss die Küchentür hinter sich, wie es Tante Mathilda tat, wenn sie Fisch zubereitete und nicht wollte, dass der Geruch durchs ganze Haus zog. Durch den Spalt der Wohnzimmertür fiel ein schmaler Lichtstrahl. »Seid ihr da?«, hörte er sich überflüssigerweise fragen. Es blieb still im Haus. Tante Mathilda musste das Haus verlassen haben, sonst wäre die Tür nicht versperrt gewesen. Nachdenklich kehrte er in die Küche zurück. Der Rauch zog langsam durch das große Fenster ab. Erst jetzt sah er die Teller und Gläser neben der Spüle. Obenauf lag benutztes Besteck. Seltsam, dachte Justus und schloss das Küchenfenster. Dann ließ er sich auf einen Stuhl fallen. Normalerweise war es Onkel Titus' Aufgabe, nach dem Mittagessen das Geschirr abzuwaschen. Heute aber war er schon in aller Herrgottsfrühe nach Santa Barbara gefahren um Mister Eagleburger zu treffen, einen befreundeten Antiquitätenhändler. Titus Jonas betrieb seit Jahren einen florierenden Altwarenhandel samt Schrottplatz in Rocky Beach.

Justus sah auf die Uhr. Es war kurz nach halb acht. Um

sieben hatte auch Onkel Titus zurück sein wollen. Und Tante Mathilda? Warum war sie weggegangen und hatte den Braten im Rohr vergessen? Noch einmal fiel sein Blick auf das Geschirr. Zu Mittag gegessen hatte Tante Mathilda noch. Und dann? Justus zupfte an seiner Unterlippe wie immer, wenn er angestrengt nachdachte. Als er am Morgen mit Bob und Peter aufgebrochen war um im Park von Rocky Beach beim Einpacken der Rosenstöcke zu helfen, die vor dem plötzlichen Wintereinbruch geschützt werden mussten, war keine Rede davon gewesen, dass sie das Haus bei dem kalten Schmuddelwetter verlassen wollte.

Abrupt stand er auf und ging zum Telefon im Flur. Vielleicht hatte Tante Mathilda eine Nachricht hinterlassen.

Aber der Block war leer. Der Anrufbeantworter im Wohnwagen, schoss es Justus durch den Kopf. Mit seinen Freunden Peter Shaw und Bob Andrews betrieb Justus in der gemeinsamen Freizeit ein erfolgreiches Detektivbüro. Ihre Zentrale war in einem Wohnwagen untergebracht, der gut versteckt in einem abgelegenen Winkel eines Schrottplatzes stand und mit Computer, Fotolabor und Anrufbeantworter bestens ausgestattet war. Er selber war Erster Detektiv, Peter Zweiter Detektiv und Bob für Archiv und Recherchen zuständig.

Justus nahm das Piepsgerät aus der Hosentasche, mit dem der Anrufbeantworter fernabgehört werden konnte, und wählte zügig die Nummer.

»Hallo«, hörte er die atemlose Stimme von Onkel Titus, »hallo, hier Titus Jonas. Ich bin auf der Suche nach Mathilda, Tante Mathilda«, sagte Onkel Titus, der wie viele Menschen nur ungern auf einen Anrufbeantworter sprach und sich dann immer etwas unbeholfen ausdrückte. »Mathilda wollte den ganzen Nachmittag zu Hause sein. Ich habe es schon dreimal versucht. Justus oder ein anderer von euch, wenn ihr kommt, ruft hier bei Mister Eagleburger an.« Es klickte in der Leitung. Justus ließ den Hörer langsam auf die Gabel gleiten und fuhr sich durch seine kurz geschnittenen Haare. Auf einer Kartonkarte an der Wand waren verschiedene Nummern aufgeführt. Eagleburger: 562-786.

Der Antiquitätenhändler meldete sich sofort. »Hier spricht Justus Jonas«, Justus zögerte kurz, »ich bin auf der Suche nach meinem Onkel Titus. Ist er noch bei Ihnen?« Die freundliche Stimme am anderen Ende der Leitung verneinte. Vor einer guten Stunde sei er aufgebrochen, ziemlich aufgeregt, weil er seine Frau nicht habe erreichen können.

»Danke«, murmelte Justus und legte auf. Mechanisch wählte er Bobs Nummer. Mrs Andrews war am Apparat. Auch sie wusste nichts von Tante Mathilda und holte ihren Sohn ans Telefon.

»Mach dir keine Sorgen«, beruhigte Bob seinen Freund, »ich fahre bei Peter vorbei und wir kommen zu euch.«

Ratlos sah sich Justus im Flur um. Seit er ein kleiner Junge war, lebte er bei Tante Mathilda und Onkel Titus. Einmal, ging es ihm plötzlich durch den Kopf, hatte sie ihn nicht vom Kindergarten abgeholt. Er hatte gedacht, sie komme nie mehr wieder. Und ein anderes Mal war er im Drugstore zwischen den hohen Regalen verloren gegangen. Ganz laut hatte er nach seiner Tante geschrien, bis sie endlich zwischen den großen Gurkenfässern wieder aufgetaucht war.

Quietschende Bremsen rissen ihn aus seinen Gedanken. Er sprang zur Tür, aber noch ehe er sie erreichte, stürmte Onkel Titus herein.

»Hallo, Junge«, sagte er mit ernster Miene, »ist Mathilda aufgetaucht?«

Justus schüttelte den Kopf. »Sie hat den Braten vergessen«, begann er langsam.

»Das ist doch jetzt das Geringste«, antwortete Onkel Titus und warf seinen Hut auf die Ablage.

»Im Rohr vergessen, meine ich. Ganz schwarz ist er geworden und die Küche war voll Rauch. Ein Geschirrtuch hatte schon fast ...«

»Waaas?« Onkel Titus riss die Augen auf und sein schwarzer Schnurrbart zitterte. »Deshalb riecht es hier so komisch.« Er stutzte und fuhr nervös mit der flachen Hand über das ganze Gesicht. »Es ist irgendetwas passiert. Ich weiß genau, irgendetwas muss passiert sein.«

»Komm erst mal in die Küche.« Justus zog ihn am Oberarm. Die Blumen lagen noch immer auf dem Tisch. Justus nahm ein Glas aus dem Schrank und wässerte sie ein. »Sie muss überstürzt aufgebrochen sein«, sagte er geschäftsmäßig. »Sonst hätte sie das Geschirr abgewaschen und ganz bestimmt das Fleisch aus dem Rohr getan.«

»Oder sie dachte, sie kommt gleich wieder«, fuhr Onkel Titus fort. Er hatte sich etwas beruhigt und ging dankbar auf Justus' sachlichen Ton ein. »Wir waschen erst mal das Geschirr ab«, schlug er vor.

Mit einem traurigen Blick beförderte Onkel Titus Braten und Geschirrtuch in den Mülleimer. Dann machten sie sich gemeinsam über das schmutzige Geschirr her. Dabei sprachen sie kein Wort. Im Handumdrehen waren sie fertig.

»Hast du Hunger?«, fragte Justus schließlich. Dieses Schweigen machte ihn nervös.

Onkel Titus schüttelte den Kopf. »Und du?« Justus hatte Hunger, empfand es aber als unpassend, zuzugeben, dass sein Magen ganz schön knurrte. Das Klingeln an der Tür ersparte ihm die Antwort. Mit einem lauten »Hallo« traten Bob und Peter ein. Sie begrüßten Onkel Titus mit Handschlag und ließen sich am Küchentisch nieder.

»Riecht irgendwie seltsam bei euch«, stellte Peter fest.

»Der Rinderbraten ist verkohlt«, antwortete Justus. »Tante Mathilda hat ihn im Rohr vergessen. Wenn ich später gekommen wäre –« Er beendete den Satz nicht.

»Wollt ihr was trinken?«, wechselte Onkel Titus das Thema. »Ich mach uns einen Tee.« Er sah verstohlen auf die Uhr, dann nahm er den Teekessel vom Herd und setzte Wasser auf. »Das passt gar nicht zu Mathilda«, sagte er unvermittelt. »Deshalb mache ich mir auch solche Sorgen.« Er brach ab und zuckte die Schultern.

Niemand sagte ein Wort, bis der Kessel pfiff. Onkel Titus zuckte richtig zusammen.

»Lassen Sie, Mister Jonas.« Bob stand auf und goss das kochende Wasser in eine Kanne. Dann stellte er vier Tassen auf den Tisch.

»Vielleicht ist sie bei ihrer besten Freundin«, meinte Peter, dem die Stille unangenehm war.

»Emily!«, rief Justus. »Natürlich. Ich rufe bei Emily an. Darauf hätten wir schon längst kommen können.«

»Hab ich schon«, unterbrach Onkel Titus den Enthusiasmus seines Neffen. »Niemand da.«

»Trotzdem.« Justus wollte so schnell nicht aufgeben. »Ich versuch's noch mal.«

Er ging in den Flur und fuhr mit dem Finger über die Kartonkarte, bis er an der gesuchten Nummer angekommen war: 235-576.

»Lass mich.« Onkel Titus stand hinter ihm und nahm ihm den Hörer aus der Hand. Er wählte hastig. »Titus Jonas«, rief er ins Telefon. »Emily, bist du's? Ich suche Mathilda. Sie ist – Was?« Onkel Titus' Schnurrbart zitterte. »Unfall?« Er wurde blass und Justus bekam feuchte Hände. Peter und Bob standen jetzt auch im Flur und warfen Justus fragende Blicke zu.

»Was ist denn los?«, wollte Justus wissen.

»Pst!« Onkel Titus machte bloß eine abwehrende Handbewegung und hörte weiter angespannt zu. »Im Krankenhaus. Ich verstehe. Gut. Danke... Äh... Und gute Besserung.«

Onkel Titus drückte mit dem Zeigefinger die Gabel herunter, behielt den Hörer aber in der Hand, während er sich zu den Jungs umdrehte. »Das war Emilys Nichte. Emily hatte einen Unfall im Haus. Statt den Krankenwagen anzurufen alarmierte sie Mathilda.« Er lächelte sanft. »Das hat deine Tante offenbar ziemlich durcheinander gebracht.«

»Da kenne ich noch andere«, unterbrach Justus seinen Onkel.

»Sei nicht frech«, sagte er streng, kam dann aber zur Hauptsache. »Jedenfalls ist Emily etwa gegen drei Uhr ins Krankenhaus gekommen und Mathilda weicht seither nicht von ihrer Seite.« Er zuckte die Schultern. »Fragt mich nicht, warum sie nicht angerufen hat. Emilys Nichte hat ihrer Tante das Notwendigste zusammengepackt und fährt jetzt selber hin.« Er begann eine Nummer zu wählen. »Und ich sage im Krankenhaus Bescheid, dass ich Mathilda abholen komme.«

Keine zwei Minuten später war er aus dem Haus. Nicht ohne den Jungs einen klaren Auftrag erteilt zu haben: Sie sollten sich ums Abendessen kümmern.

»Spaghetti«, entschied Justus. »Das ist nämlich das Einzige, was ich wirklich kann.«

Peter holte einen großen Topf aus dem Schrank. »Kommen die Nudeln in heißes oder in kaltes Wasser?«, wollte er wissen. Justus und Bob hatten die Antwort wie aus einem Munde parat und Peter musste einen Kurzlehrgang über die richtige Konsistenz italienischer Nudeln und die Zusammensetzung einer schmackhaften Gemüsesoße über sich ergehen lassen.

Das blaue Auge

»Jetzt bin ich aber satt.« Tante Mathilda schob den Teller weg und faltete ihre Serviette sorgfältig zusammen. »Es hat alles auch seine guten Seiten«, sagte sie mit einem verschmitzten Lächeln. »Ohne mein Missgeschick wäre uns weiter verborgen geblieben, was für talentierte Jungköche hier tagtäglich ein und aus gehen.«

Erstaunlich, dachte Justus, wie schnell sie die Sache mit dem verkohlten Brandsatz im Backrohr weggesteckt hat. Zwar schwärmte Tante Mathilda seit ihrer Jugend für Gruselfilme und hatte schon oft Nerven wie Drahtseile bewiesen, wenn ein besonderer Thriller über den Fernsehschirm flimmerte. Aber diesmal war es kein Film gewesen. Das ganze Haus hätte abbrennen können. Justus schüttelte sich.

»Ich muss dir wirklich noch einmal danken.« Tante Mathilda erriet seine Gedanken. »Aber Emily war so aufgeregt.« Sie zuckte die Schultern. »Nun gut, jetzt zu euch.« Mit einem strahlenden Blick schaute sie von Justus zu Bob, von Bob zu Peter und von Peter wieder zu Justus. »Ich habe eine Überraschung für euch.« Sie legte die Hand auf Onkel Titus' Arm. »Auf der Herfahrt haben wir zwei schon alles besprochen.«

Onkel Titus stand auf. »Und deshalb muss ich jetzt zwei Telefonate führen«, sagte er augenzwinkernd und ging hinaus. Verwundert sahen ihm die drei Jungen nach.

»Ihr erinnert euch vielleicht, dass meine alte Schulfreundin Emily nie geheiratet hat«, begann Tante Mathilda in ihrer typischen, manchmal ziemlich weitschweifigen Art zu erzählen. »Sie ist Haushälterin bei dem berühmten Spieleverleger Michael Julius Oames. Heute Vormittag war sie mit den Vorbereitungen für einen zweiwöchigen Ausflug in Oames' Ferienhaus am Lake Tahoe beschäftigt, als sie, das wisst ihr ja schon, von der Leiter gefallen ist. Beckenprellung, sagt der Arzt. Tut fürchterlich weh.« Tante Mathilda sah sehr betrübt in die Runde.

»Wirklich Pech für sie«, sagte Peter wenig einfühlsam. »Aber was hat das mit uns zu tun?« Dafür erntete er von Justus einen bösen Blick.

»Immer langsam und der Reihe nach.« Tante Mathilda runzelte die Stirn. Sie schätzte es gar nicht, unterbrochen zu werden. »Ich hab schon ein paar Mal bei Emily ausgeholfen. Dieser Oames ist noch gar nicht so alt, aber doch schon ein bisschen wunderlich. Allein in dem Haus will er nicht sein. Er fühlt sich einsam und verlassen.«

»Kombiniere, du fährst nach Tahoe«, warf Justus ein.

»Falsch«, antwortete Tante Mathilda und machte eine Kunstpause. »Wir fahren nach Tahoe.«

Der Jubelsturm begann noch einmal von vorn, als Onkel Titus zurückkam und verkündete, die Eltern von Peter und Bob hätten nichts gegen einen Skiurlaub ihrer Söhne in den Schulferien einzuwenden.

Sie fuhren auf dem Interstate 80 von Sacramento kommend durch den Eldorado National Forest. Morton hatte es sich nicht nehmen lassen, Tante Mathilda und die drei ??? zu chauffieren, nachdem Mister Oames zwar gnädig der Aushilfe samt Besuch zugestimmt, sich aber um den Transport keine weiteren Gedanken gemacht hatte. Der schwarze Rolls-Royce glitt trotz der fast geschlossenen Schneefahrbahn wie auf Schienen dahin. Die drei ??? hatten vor einigen Jahren als Hauptgewinn eines Preisausschreibens Freifahrten mit dem edlen Gefährt gewonnen. Einer ihrer Kunden, ein spendabler Millionär, sorgte später dafür, dass sie die Dienste des britischen Chauffeurs jederzeit in Anspruch nehmen konnten. Seit sie selbst den Führerschein und eigene Autos zur Verfügung hatten, griffen die drei ??? allerdings nur noch selten auf diese Annehmlichkeit zurück.

»In spätestens einer Stunde sind wir da«, flüsterte Peter. Justus nickte und vertiefte sich noch einmal in die Landkarte. Tante Mathilda döste in der linken Ecke des großen Fonds, Bob in der rechten.

»Wenn wir jetzt immer weiterführen, kämen wir nach Reno auf den Highway 50. Und dann nach Eureka oder nach Austin«, murmelte Justus. »Da wohnen mitten in der Einöde 300, 400 Leute. Mit absolut nichts und niemandem drum herum.«

»Da bleib ich lieber in Rocky Beach«, raunte Peter und erntete einen wissenden Blick von Justus. Der Zweite Detektiv sah nicht nur gut aus, er war auch der sportlichste der drei ???. Und er legte großen Wert auf modisches Outfit. Aus diesen und anderen Gründen war er sehr beliebt bei den Mädchen, vor allem bei seiner Freundin Kelly und ihrem Cheerleader-Team. Ein Kaff an der einsamsten Straße Amerikas, wie der Highway 50 auch genannt wurde, mitten in der Salzwüste, das wäre sicherlich nichts für ihn.

»Wir sind jetzt über 2000 Meter hoch«, erklärte Justus im Flüsterton. »Hast du gewusst, dass es hier so schön ist?«

Peter schüttelte den Kopf. Die drei ??? waren mit der Schule schon mehrfach in den Bergen östlich von Los Angeles Ski laufen gewesen. Das Grenzland zwischen Kalifornien und Nevada war ihnen dagegen völlig fremd.

»Seht euch das an!«, rief Justus plötzlich. Bob und Tante Mathilda schreckten hoch. Wie ein blaues Auge lag der See vor ihnen zwischen zerklüfteten Felsen und schneebedeckten Hängen.

»Holaretürio«, versuchte sich Peter passend zur Landschaft als Tiroler Jodler. Tante Mathilda stöhnte auf. »Hoffentlich sind deine Skikünste überzeugender«, bremste sie seine Begeisterung.

»Jedenfalls ist er der Beste von uns dreien«, kam Bob dem Freund zu Hilfe, während er sich streckte und reckte, soweit der Rolls-Royce es zuließ. Auch er war ziemlich sportlich, musste aber auf der Piste wie auf dem Tennisplatz Peter eindeutig den Vortritt lassen. Nur auf den Kurzstrecken im Schwimmbad zogen sie beide den Kürzeren. Denn da war der sonst eher unsportliche Justus erstaunlicherweise unschlagbar.

»Gnädige Frau«, tönte Mortons Stimme durch einen kleinen Lautsprecher aus dem mit einer Glaswand abgeteilten vorderen Teil des Wagens, »ist es Ihnen recht, wenn wir zuerst zum Haus fahren und ich dann die Einkäufe allein erledige?«

»Selbstverständlich«, flötete Tante Mathilda, die zum

ersten Mal mit Morton unterwegs war und den Chauffeur gleich ins Herz geschlossen hatte.

Obwohl der Himmel wolkenverhangen war, bot der See einen atemberaubenden Anblick. Kein Wunder, dass er sommers wie winters tausende von Touristen anlockte. Vorbei an einem kleinen Flughafen, an mehreren winterfesten Campingplätzen und dem Startplatz einer Zwanzig-Kilometer-Loipe fuhren sie nach Baldwin Beach. Hinter dem kleinen Ort direkt am See wurde der Wald wieder dichter, bis sich nach einer scharfen Kurve eine kleine Bucht öffnete.

Schon während der Fahrt hatten die drei ??? Tante Mathilda mit Fragen über das Ferienhaus gelöchert, die sie allerdings nicht beantworten wollte. Dass Emily immer nur von einer »Traumvilla« schwärmte, hatte Tante Mathilda den Jungs verschwiegen um die Erwartungen nicht zu hoch zu schrauben.

Was sich hinter dem fast unscheinbaren geschnitzten Holztor darbot, das wie von Geisterhand aufging, nachdem Morton geklingelt hatte, verschlug ihnen allen die Sprache. Selbst Peter drückte wortlos seine Nase an der Autoscheibe platt. Im rechten Winkel zur Einfahrtstraße, neben einem etwas abseits gelegenen flachen Holzhaus, stand eine prächtige Villa.

»Einfach edel«, fand Bob als Erster die Sprache wieder. Das dreistöckige Haus war in einem sonnigen Gelb verputzt. Über die gesamte Vorderfront zogen sich dunkelbraune, aufwendig aus Holz geschnitzte Vorbauten, die über dem Eingangstor von einem geschwungenen Glasvordach ergänzt wurden.

»Jugendstil.« Tante Mathilda hatte ihre Kennermiene aufgesetzt. »Und das fast am Ende der Welt. Was sagt man dazu?«

»Am besten gar nichts.« Andächtig ließ Peter den Blick über diese imposante Fassade wandern. »Wenn ich das Kelly erzähle, glaubt sie wieder, ich übertreibe.«

Morton brachte den Wagen lautlos vor dem Nebenhaus zum Stehen. Emily hatte ihnen den Schlüssel für die Wohnung mitgegeben, die sie normalerweise bewohnte, wenn sie mit Oames an den See fuhr. Zuvorkommend half der Chauffeur Tante Mathilda aus dem Wagen und begann dann das Gepäck ins Haus zu tragen. Die Jungs montierten unterdessen ihre Ski ab.

Im Ferienhaus fanden sie sich schnell zurecht. Von einer quadratischen Diele gingen vier Zimmer, ein kleiner Salon und die Küche ab.

»Wenn mir das gehörte, wär ich schon zufrieden«, brummte Bob. »Dieser Oames muss ja steinreich sein.«

»Und wir sind mit schuld«, ergänzte Justus nachdenklich. Bob zog die rechte Augenbraue hoch und sah ihn verständnislos an. »Hast du nicht auch ›Such-das-Bild‹ und ›Labyrinth‹ und ›Hexenkessel‹ gespielt? So wie ich und Millionen anderer Kinder. Kommt alles aus seiner Fabrik.«

»Auf zur Zimmerverteilung«, unterbrach sie Tante Mathilda energisch. »Jeder von euch kann eins haben.« Sie machte eine große Geste. »Ihr dürft's euch aussuchen.«

Dank Mortons Hilfe, der ohne viel Aufhebens im Kamin einige Holzscheite anzündete, war es schnell mollig warm in dem kleinen Haus. Tante Mathilda machte sich fertig um in die Villa zu Mister Oames zu gehen. Die drei ??? bezogen ihre Zimmer. Dann brach der Chauffeur mit einer langen Einkaufsliste nach South Lake Tahoe auf. Er wollte noch über Nacht bleiben und erst am nächsten Tag den Heimweg nach Los Angeles antreten.

»Und wir«, entschied Justus, als sie sich wieder im Wohnzimmer versammelt hatten, »wir schauen uns erst einmal gründlich um. Oder hat einer was dagegen?«

»Oames vielleicht«, gab Bob zu bedenken.

»Der muss uns ja nicht sehen.« Peter konnte seine Neugierde kaum bremsen. »Wir sind doch keine Anfänger.« Sie schlüpften in ihre dicken Pullover, schnürten die Winterstiefel und brachen auf.

»Ein Wahnsinnsschuppen«, staunte Peter noch einmal, als sein Blick wieder auf die Villa fiel. »Jugendstil! Hab leider keinen blassen Dunst, was das ist.« Natürlich wusste er, was jetzt unweigerlich kommen würde.

»Eine Stilrichtung der angewandten Künste und der Architektur«, legte Justus prompt los. Dabei ahmte er fast perfekt den Tonfall eines Museumsführers nach, so dass die beiden anderen schon nach den ersten Worten grinsen mussten. »Hier links«, Justus zeigte auf die Villa, »sehen Sie ein besonders schönes Exemplar der mitteleuropäischen Strömung, mit flächengebundenen Liniengebilden im Schnitzwerk, die ursprünglich von Pflanzenmotiven ausgehen.«

Bob starrte ihn an. Darauf war er nicht gefasst gewesen. »Blufft der?« Er stieß Peter in die Seite.

»Kennst ihn doch«, stöhnte Peter. »Unser Fleisch gewordenes Lexikon.«

»Und das in zwanzig Bänden«, stammelte Bob feixend. »Es ist nicht zu fassen.« Auf diesem Gebiet war Justus wirklich alles zuzutrauen. Und noch ein bisschen mehr.

»Soll ich weitermachen?«, fragte Justus mit treuherzigem Blick, während sie auf ein kleines Wäldchen hinter ihrem Ferienhaus zusteuerten.

»Bitte nicht.« Peter hob abwehrend die Hände. »Wir wollen lieber die Stille der Natur auf uns wirken lassen.«

»Dann eben später«, drohte Justus und stapfte voraus.

Bei näherem Hinsehen stellte sich das kleine Wäldchen, hinter dem sie eigentlich den See vermutet hatten, als ziemlich dichter, ansteigender Nadelwald dar. Über einen schmalen Weg kletterten sie immer höher.

»Ob das alles noch zu Oames' Gelände gehört oder ob er einfach auf einen Zaun verzichtet hat?«, fragte Bob ohne eine Antwort zu erwarten.

Sie kamen an einen kleinen Geräteschuppen, in dem offenbar Waldarbeiter ihre Werkzeuge aufbewahrten. Trotz der schweren Schuhe kletterte Bob behände auf das Dach des Verschlags.

»Siehst du mehr?«

»Kann man nicht behaupten«, antwortete Bob und sprang in den Schnee.

»Noch weiter hinauf«, kommandierte Peter. »Langsam wird's dunkel.«

Sie mühten sich durch den Schnee, bis der Wald lichter wurde. Dann deutete Peter auf einen kleinen Aussichtsturm. Sie gingen hinüber. »Bay View« stand auf einer gehämmerten Messingtafel, »erbaut von Michael Julius Oames, 1960«.

»Also immer noch sein Gelände«, murmelte Bob. Von der kleinen Plattform war aus der Vogelperspektive das ganze Anwesen zu sehen.

»Dass wir so hoch sind, hätte ich nicht gedacht«, wunderte sich Justus.

»Ist eben ein ausgesuchter Platz«, antwortete Peter. Er schüttelte den Kopf. »Ich glaub's nicht, ein Pool direkt an einem See, so etwas Verrücktes.«

Unter ihnen lag der Lake Tahoe, ebenso die Villa, der schneebedeckte Vorplatz, ihr Ferienhaus, eine Garage, die sie erst jetzt entdeckten, und eine Gartenlaube neben dem Pool. Zwei geschwungene Wege führten symmetrisch von der Villa zum See. Dazwischen lagen große dunkle Beete, die im Sommer offenbar mit Blumen bepflanzt wurden. Der Blick war atemberaubend. In Gedanken machte Peter sich einen Knoten ins Taschentuch, damit er das nächste Mal nicht das Fernglas vergaß.

»Seht mal da drüben!« Bob wurde auch ohne Feldstecher fündig und zeigte auf einen Hang rechts hinter der Garage, an der ihrem Ferienhaus gegenüberliegenden Seite des Anwesens. »Ein richtiger kleiner Skilift.« Er grinste. »Bestimmt sind unter der Schneedecke noch drei oder vier Tennisplätze versteckt.«

»Wie in einem Spielzeugland«, sagte Justus.

Die drei ??? waren durch ihre Detektivarbeit immer wieder an reiche Kunden geraten. Aber dieser Mister Oames sprengte alle Grenzen. Im Gänsemarsch verließen sie die Plattform wieder.

Justus runzelte die Stirn. Ihm war das alles entschieden zu großspurig. Peter ging der gleiche Gedanke durch den Kopf. »Ob der Kerl auch noch etwas anderes tut mit seinem Geld als sich hier sein eigenes Reich anzulegen?«

Justus zuckte die Schultern. Dieser schrullige Millionär war ihm unheimlich, obwohl er ihn noch gar nicht kannte. »Aber das«, murmelte der Erste Detektiv entschlossen, »wird sich morgen ändern.«

Mr Oames frühstückt nicht

Justus irrte sich gewaltig. Nicht einmal Tante Mathilda bekam Oames am nächsten Vormittag zu Gesicht. Aber Emily hatte sie gewarnt: Der Herr lasse sich oft bis zum Mittagessen nicht blicken. Was keineswegs bedeutete, dass er nicht frühstücken wollte, ganz im Gegenteil. Tante Mathilda hatte sehr genaue Anweisungen, womit sie den Servierwagen beladen musste, bevor sie ihn vor Oames' Tür schob: ein halber geschälter Apfel, heißer Lindenblütentee mit eineinhalb Löffeln Zucker und drei backofenfrische Madeleines.

Bisher hatten die Jungs dieses französische Biskuitgebäck nicht gekannt. Nicht einmal Justus konnte mit Einzelheiten darüber aufwarten. Nachdem sie reihum davon probiert hatten, empfahlen sie Tante Mathilda dringend sich das Rezept für die goldgelben, ovalen Törtchen zu besorgen und die Fertigung in ihr Repertoire aufzunehmen.

»Wenn uns Oames nicht empfangen will«, sagte Peter unternehmungslustig und leerte seine Kaffeetasse in einem Zug, »dann gehen wir eben sofort Ski fahren.«

Der Erste Detektiv verzog keine Miene. Er war zwar nicht besonders scharf darauf, mit langen, unförmigen Dingern an den Beinen wenig elegante Bewegungen auf irgendwelchen Hängen zu vollführen. Andererseits handelte es sich bei ihrem Ausflug nun mal um einen Skiurlaub. Er wusste genau, dass es kaum überzeugende Argumente gab, sich zu drücken. Außerdem würden ihn Bob und Peter ohnehin überstimmen. »Gute Idee«, fügte sich Justus in sein Schicksal.

Morton bot an sie ins nahe Cedar Crest zu fahren. Der Tag war wunderbar. Die Sonne strahlte. Selbst Justus hatte seinen Spaß. Auch wenn er bei weitem nicht so elegant und sicher auf den Brettern stand wie Peter und Bob, fuhr er in dem wunderbar weichen Pulverschnee noch lange nicht hinterher.

Zu Mittag aßen sie Hamburger und Salat an einem der unzähligen Kioske neben den Pisten, zu denen man einfach hinfahren und ohne die Skier abschnallen zu müssen bestellen und bezahlen konnte. Später schleppten Justus und Bob zwei Liegestühle heran für ein geruhsames Bad in der Wintersonne. Peter dagegen, der in seiner schwarzen Skihose und dem neongelben, hüftlangen Windhemd ausgesprochen eindrucksvoll aussah, konnte nicht genug bekommen, zumal sie einige Mädchen aus Kellys High-School getroffen hatten, die hier während der Ferien Snowboarden lernten.

Kurz nach drei Uhr brachte der Skibus sie in nicht einmal zwanzig Minuten zur Emerald Bay. Mit den schweren Skischuhen an den Füßen stapften sie die Straße zu Oames' Anwesen entlang. Sie waren müde und zufrieden. Justus lag in Gedanken bereits in der Badewanne.

»Wieso ist das Tor offen?«, fragte Bob plötzlich. Die drei ??? blieben stehen und sahen sich um. Beide Flügel des Holztores standen offen. Im Schnee waren jede Menge Reifenspuren zu sehen.

»Hmm.« Justus nahm die Bretter von der Schulter.

Zum zweiten Mal innerhalb von 48 Stunden hatte er das deutliche Gefühl, dass etwas nicht stimmte.

»Uns will er nicht sehen«, sagte Peter gedehnt und zeigte auf die Spuren. »Kaum sind wir weg, empfängt er ganze Heerscharen von Besuchern.«

»Lasst uns hinaufgehen«, entschied der Erste Detektiv. »Dann werden wir ja sehen, was los ist.«

Schnaufend legten sie die letzten 400 Meter zurück. Unter dem Glasdach der Villa stand eine unscheinbare schwarze Limousine.

»Polizei«, sagte Bob atemlos.

Sie hasteten zum Ferienhaus, stellten die Skier ab und wechselten das Schuhzeug. Justus rief nach Tante Mathilda, bekam aber keine Antwort. Dann liefen sie hinüber zum Haupthaus. Im selben Moment, in dem Peter die Klinke herunterdrücken wollte, öffnete sich das Tor von innen. Direkt vor ihnen standen zwei Männer mit ernsten Mienen. Der eine war mittelgroß, rothaarig und kaum älter als dreißig, der zweite wuchtig, mindestens einen Kopf größer und bestimmt fünfzig. Er stutzte kurz. »Gut, dass ihr da seid«, sagte er dann. »Wir haben schon auf euch gewartet.« Die beiden Männer traten zur Seite und gaben den Weg in die Villa frei.

Die drei ??? sahen sich blitzschnell um. In einem großen Ohrenfauteuil neben einer breiten Treppe, die in den ersten Stock führte, saß Tante Mathilda. Sie war ziemlich blass. »Endlich«, seufzte sie.

»Was ist passiert?«, fragten Justus und Peter gleichzeitig. Tante Mathilda zuckte die Schultern. »Mister Oames…«

»Gehen wir in den Salon«, unterbrach sie der ältere Polizist mit freundlicher Stimme. Tante Mathilda nickte und stand auf.

Sie gingen durch eine Tür an der rechten Seite der Diele. Ein dritter Mann saß auf einem Sofa, das Telefon und ein Aufnahmegerät neben sich. Entführung, schoss es Justus durch den Kopf.

»Setzt euch«, forderte sie der Polizist auf und zeigte auf eine Sesselgruppe. »Ich bin Inspektor Capistrano aus South Lake Tahoe.« Er deutete auf den Rotschopf. »Das ist Sergeant Curry.« Der Mann nickte, während sich Capistrano zum Sofa wandte. »Und dort hinten sitzt Sergeant Hawthrone.« Er machte eine kleine Pause. »Wir müssen davon ausgehen, dass Mister Oames heute Nacht entführt worden ist.«

»Waas?« Die drei ??? starrten den Polizisten mit aufgerissenen Augen an.

Aber der benahm sich so, als verschwänden in dieser Gegend regelmäßig Multimillionäre. »Vor einer halben Stunde hat sich der mutmaßliche Entführer jedenfalls gemeldet«, sagte er nüchtern. »Wir spielen euch die Aufnahme gleich vor. Eine Million Dollar will er haben.«

Tante Mathilda stöhnte leise auf, als sie die Summe hörte. »Gestern Abend hat er kein Wort davon gesagt, dass er weg will«, begann sie unvermittelt. »Mittags stand das Frühstück noch immer vor der Tür, da hab ich's mit der Angst zu tun gekriegt und bin ins Zimmer. Zwei Stühle waren umgeworfen, das Bett völlig zerwühlt und von Oames fehlte jede Spur.« Sie hatte sofort Emily im Krankenhaus angerufen und von ihr erfahren, dass der

Spieleverleger das Haus nie verließ ohne Bescheid zu sagen. Vernünftigerweise, wie Capistrano lobend hervorhob, hatten die beiden Frauen sogleich die Polizei alarmiert.

»Leider meinte der Inspektor«, schloss Tante Mathilda ihre Erzählung, »dass auch die Familie informiert werden muss. Emily wollte das eigentlich nicht.«

Capistrano schien diese Bemerkung nicht gehört zu haben. »Und nun zu euch. Habt ihr in der Nacht etwas Verdächtiges gehört oder gesehen?«

»Natürlich nicht.« Justus schüttelte unwirsch den Kopf. »Sonst wären wir wohl kaum Ski fahren gegangen.«

»Dachten wir uns schon«, lenkte Curry ein. »Aber ihr versteht, dass wir fragen müssen.«

»Ihr kennt euch ja aus in unserem Metier«, fuhr Capistrano fort, mit einem Gesicht, bei dem Justus nicht sicher war, ob er die drei Jungen ernst oder auf den Arm nahm. »Draußen hat unsere Spurensicherung ihre Arbeit abgeschlossen und so gut wie nichts gefunden. Außer Reifenspuren, die weder zu dem Rolls-Royce passen, mit dem ihr gekommen seid, noch zu dem alten Audi, der in der Garage steht.«

»Soll ich jetzt?«, fragte Hawthrone und stand auf.

»Okay«, willigte der Inspektor ein. »Hört euch das mal ganz genau an.«

Eine verzerrte, hohe Stimme hauchte mehr, als dass sie sprach: »Mister Oames ist entführt. Eine Million und er kommt wieder.« Das Band rauschte.

»Zu kurz um die Herkunft festzustellen«, sagte Peter fachmännisch.

»Mrs Jonas hat uns schon von eurer Arbeit erzählt«, nahm Capistrano den Faden wieder auf. Diesmal lächelte er. Eine Spur zu dünn, fand Justus.

»Wenn Sie Näheres über uns wissen wollen, wenden Sie sich an Inspektor Cotta in Rocky Beach.« Blitzschnell hatte der Erste Detektiv entschieden, dass die drei ??? in dieser Situation keine Reklame nötig hatten. Peter und Bob verstanden sofort und schwiegen.

»Was machte Oames für einen Eindruck auf dich, als du gestern bei ihm warst?« Justus wechselte das Thema.

»Nett, sehr nett eigentlich«, antwortete Tante Mathilda nachdenklich, »und gar nicht so...« Sie unterbrach sich und sah etwas unsicher zu Capistrano. »Sie müssen wissen, Mister Oames hat den Ruf, ziemlich schrullig zu sein.«

»Wem sagen Sie das?« Der Polizist lachte. »Sie glauben nicht, was es in unserer Gegend für Geschichten um dieses Anwesen und seinen Besitzer gibt.«

Bob hatte die ganze Zeit geschwiegen. Jetzt schlug er vor hinüberzugehen und sich umzuziehen. Schließlich hatten sie immer noch die warmen Skisachen an. Capistrano hatte nichts dagegen, wollte aber, dass sie wieder zurückkamen. Die drei ??? standen auf und huschten hinaus.

»Gute Idee«, raunte Justus dem Freund zu. »Ich wollte auch weg, aber mir ist kein Vorwand eingefallen.«

»Sollen wir schnell auf Erkundungstour gehen?«, fragte Peter, als sie vor der Villa standen, und drehte mit dem Zeigefinger der rechten Hand einige Kreise in der Luft. »Oder haben die einen vierten Mann im Garten postiert?«

»Glaub ich nicht«, antwortete Bob.

»Also dann«, übernahm Justus das Kommando. Sie liefen in einem großen Bogen um das Haus und versuchten, so gut es ging, Spuren im Schnee zu vermeiden. Unter den dicht stehenden Bäumen lag kein Schnee. Zum ersten Mal sahen sie die Seeseite mit Schwimmbad und Terrasse aus der Nähe. »Mit Heizstrahlern«, staunte Peter. Über die ganze Breite des Hauses erstreckte sich ein Holzbalkon. Dahinter lag vermutlich Oames' Zimmer. »Das Rosenspalier!« Bob deutete auf eine Seite des Balkons. »Vielleicht haben sie ihn hier herunter...«

»Wieso sie?«, fragte Justus. Zugleich trieb er die Freunde mit einer Handbewegung vorwärts. Sie liefen nach rechts um die dritte Hausecke und warfen durch eine Seitentür einen Blick in die Garage. »Alter Audi ist gut«, sagte Bob bewundernd, als er den Oldtimer in der Garage sah. Unter einem Klappfenster lehnte ein buntes Mountainbike. Mit großen Schritten gingen sie zurück zur Hauswand und duckten sich unter den Salonfenstern. Plötzlich quietschten Reifen.

Vorsichtig lugten die drei ??? durch die hohen, winterharten Büsche. Ein silberner, überlanger Chevrolet schoss die Zufahrtsstraße herauf. Erst kurz vor dem Haupthaus kam er zum Stehen, mit einer Vollbremsung, die wieder ein jaulendes Geräusch ertönen ließ. Fast im selben Augenblick wurde die Fahrertür aufgestoßen und eine Frau mit langen blonden Haaren sprang heraus. »Na los, wir haben genug Zeit vertrödelt!«, rief sie in den mit getönten Scheiben abgedunkelten Wagen hinein. »Sonst geh ich ohne dich.« Auf der anderen Seite öffnete sich die Tür gemächlicher. Dann erschien ein groß gewachsener, schlanker Mann. »Reiß dich zusammen«, zischte er die Frau an, »oder willst du da drinnen eine deiner Shows abziehen. Ich warne dich…« Das Ende des Satzes wurde vom Zuschlagen der Autotüren verschluckt.

»Weg mit unseren Anoraks und den Pullovern!«, sagte Bob geistesgegenwärtig und zog sich aus. Ohne zu zögern folgten die beiden anderen seinem Beispiel.

»Ihnen nach«, entschied Justus, als sich das Haustor hinter den beiden Neuankömmlingen geschlossen hatte. »Wir könnten was versäumen.«

Rausschmiss der drei ???

Peter öffnete die Tür einen Spalt. Von drinnen war lautes Stimmengewirr zu hören. »...anmaßend Ihre Kompetenzen erweitert«, übertönte gerade eine weibliche Stimme alle anderen. Die Dame mit den langen blonden Haaren schien einen reichlich schrillen Tonfall zu bevorzugen. »Schon gut«, erwiderte ein Mann. »Wir werden das später mit Mrs Jonas besprechen.«

Peter schaute die anderen beiden fragend an. Justus nickte energisch, sie traten ein.

»Guten Tag«, rief der Erste Detektiv in der Diele demonstrativ aufgeräumt, »hier sind wir wieder!«

Capistrano kam ihnen entgegen. Nach seinem Gesichtsausdruck zu urteilen war er froh, dass die drei ??? gerade jetzt wieder auftauchten. »Kommt mit«, forderte er sie auf. Im Gänsemarsch kehrten sie in den Salon zurück. Das Paar aus dem Chevrolet stand steif an dem langen Esstisch.

»Aha«, sagte der Mann unfreundlich. »Und wer seid ihr, wenn ich fragen darf?«

»Mein Neffe und seine Freunde«, schaltete sich Tante Mathilda mit fester Stimme ein. »Mister Oames hat ihrem Besuch zugestimmt, nachdem ich für Miss Emily eingesprungen bin.« Der Mann zog eine Augenbraue hoch. »Sie wohnen mit mir im Nebenhaus.«

»Warum schleicht ihr dann in der Villa herum?«, fragte die Frau schnippisch.

»Erstens«, antwortete Justus hochmütig, »schleichen wir nicht herum. Und zweitens haben wir eine Verabredung mit dem Inspektor und seinen Leuten.«

Normalerweise hatten Tante Mathilda und Onkel Titus wenig dafür übrig, dass Justus gelegentlich diesen Ton anschlug. Diesmal warf ihm seine Tante einen anerkennenden Blick zu.

»Der Inspektor und seine Männer«, ließ sich die Frau nicht so schnell bremsen, »sind praktisch schon aus dem Haus.«

»Sie irren sich, Mrs Oames«, entgegnete Capistrano kühl und pflanzte sich wuchtig vor ihr auf. »Ich habe mich doch wohl klar ausgedrückt, oder?«

Ein sonorer Gong unterbrach das Wortgefecht.

»Das wird mein Rechtsanwalt sein. Bitte öffnen Sie, Mrs Jonas«, sagte der Mann herablassend und sah ihr nach, wie sie zur Tür ging. Dann wandte er sich zu den Jungen. »Ich bin Henry Simon Oames. Der Inspektor wird euch später vernehmen. Wartet drüben. Wir haben hier zu tun.« Er durchquerte den Raum und ging zu einem kleinen Schreibtisch, der links neben dem Sofa stand. Mit spitzen Fingern zog er seine Hosenbeine etwas hoch und ließ sich auf dem dazugehörigen Stuhl nieder.

»Habt ihr nicht verstanden?«, fauchte die Blondine.

Peter setzte zu einer Erwiderung an. Aber Capistrano warf den drei ??? einen begütigenden Blick zu. »Geht nur. Wartet draußen auf mich.«

Unwillig drehten sich die drei um. Tante Mathilda stand mit einem Fremden in der Salontür. »Hier entlang«, sagte sie, die Stirn in ärgerliche Falten gezogen. Ein etwas schlampig gekleideter, dunkelhaariger Mittvierziger betrat grußlos den Raum.

Die drei ??? gingen ohne Reaktion an ihm vorbei. Auf Tante Mathildas Höhe tastete Justus wie zufällig nach seinem rechten Ohrläppchen. Sie begriff sofort. »Darf ich Ihnen Tee oder Kaffee anbieten?«, fragte sie eine Spur freundlicher als zuvor. Die Jungs hörten noch zustimmendes Gemurmel, bevor Bob die schwere Haustür ins Schloss fallen ließ.

»So ein blöder Kerl!«, schimpfte er ein paar Minuten später. »Ich möchte zu gern wissen, wie das jetzt da drüben weitergeht.«

»Wir brauchen doch bloß zu warten, bis Tante Mathilda kommt«, tröstete ihn Justus. »Die hat doch ihren Rausschmiss richtig elegant verhindert.« Dabei fasste er sich demonstrativ an sein Ohrläppchen.

»So ist das.« Peter verstand erst jetzt und setzte ein anerkennendes Grinsen auf. »Ihr versteht euch ja fast blind, du und deine Tante.«

»Genau«, feixte Bob. »Ein tolles Pärchen! Unschlagbar!«

Sie gingen in die Küche und setzten sich an den Tisch. »Also, Oames hat zwei Kinder, einen Sohn und eine Tochter«, rekapitulierte Justus das, was Tante Mathilda auf der Herfahrt erzählt hatte. »Vielleicht kommt die ja auch noch.«

»Wenn sie genauso sympathisch ist wie ihr Bruder und dessen Frau, tut mir der alte Herr ganz schön Leid«, meinte der Zweite Detektiv, während er Tee aufsetzte. Dann schlug er einen Imbiss vor.

»Gute Idee, ich hab richtig Hunger.« Bob stand auf und ging zum Kühlschrank. »Mal sehen, was Morton eingekauft hat.«

»Pst, hört mal.« Justus sprang zum Fenster. »Der nächste Besuch.«

Sie liefen in die Diele und starrten durch die Vorhänge, peinlich darauf bedacht, sie nicht zu berühren.

Ein roter Kleinwagen hielt hinter dem Chevrolet.

»Die Tochter«, kombinierte Peter.

»Nicht die Tochter«, widersprachen Bob und Justus, als die Fahrerin ausstieg. Sie war groß, schlank und trug ihre krausen Locken zu einem dicken Zopf geflochten.

»Die sieht aber gut aus«, staunte der Zweite Detektiv.

Die Frau verschwand im Eingangstor.

»Das Essen wird verschoben!« Ohne lange zu überlegen steuerte Justus auf die Küchentür zu, die in einen kleinen Garten hinter dem Haus führte. »Wir laufen zu den Salonfenstern.«

Das kleine Gartentor war versperrt. »Verflixt«, schimpfte der Erste Detektiv und schwang sich etwas ungelenk hinter Peter und Bob über das Hindernis. Wieder liefen sie im Bogen um die Villa herum. Noch bevor sie an den Salonfenstern ankamen, hörten sie Stimmen. Diesmal wesentlich lauter als zuvor.

»... in diesem Haus nichts zu suchen!«, keifte Oames' Schwiegertochter.

»Das werden wir noch sehen«, war eine andere Frauenstimme zu hören. »Wer fehlende Argumente durch Lautstärke ersetzt, hat mir gar nichts zu sagen.«

»Sie verlassen jetzt unverzüglich dieses Haus!« Das war

unverkennbar der aufgeblasene Henry Simon. »Und solange ich hier bin, werden Sie es auch nicht wieder betreten! Haben Sie verstanden. Das gilt auch für Sie, Mrs Jonas!«

Niemand antwortete. Die Jungs drückten sich unter den Fenstern vorbei.

»Oh!« Bob hatte Anoraks und Pullover entdeckt. »Die hätten wir fast vergessen.«

»PWW 994«, murmelte Justus. »PWW 994.«

Angestrengt spähten sie durch die Büsche. Langsam öffnete sich das Haustor. Die attraktive Schwarze kam ganz langsam und mit hängendem Kopf heraus.

»Ich glaube, sie weint«, flüsterte Peter. »Sollen wir ihr nicht helfen?«

»Aber jetzt doch nicht!« Bob hielt ihn an der Schulter zurück. »Die da drinnen müssen doch nicht wissen, dass wir die Szene mitbekommen haben.«

Deutlich konnten sie sehen, wie die Frau im Wagen den Innenspiegel herunterklappte, sich das Gesicht abwischte und die Lippen nachzog. Dann fuhr sie zügig davon.

Auf demselben Weg, auf dem sie gekommen waren, kehrten die Jungs ins Ferienhaus zurück. Ein markdurchdringender Ton empfing sie, als sie in die Nähe des Hintereingangs kamen.

»Die Alarmanlage«, scherzte Bob.

»Der Teekessel«, verbesserte ihn Justus. Sie kletterten über den Gartenzaun und betraten die Küche.

Justus ging sofort zur Pinnwand neben dem Herd und notierte die Autonummer. »Gut, dass der Wagen nicht in

Nevada, sondern in Kalifornien zugelassen ist«, sagte er und setzte sich an den Küchentisch. »So kann uns bestimmt Cotta weiterhelfen.«

Die drei ??? hatten seit langem einen engen Kontakt zu dem Inspektor aus Rocky Beach. Vor Jahren konnten sie einen Fall lösen, an dem er sich monatelang die Zähne ausgebissen hatte. Seither respektierte Cotta die Arbeit der drei ??? nicht nur, er setzte sie auch manchmal als Helfer ein.

»Ich rufe ihn an«, meinte Peter schnell. »Und ihr beiden Superköche könnt euch inzwischen um die schmackhafteste Mischung von Schinken, Salami, Käse und Butter im Verhältnis zur Stärke der Brote kümmern, die ihr gleich schmieren werdet. Und als Nachtisch wünsche ich mir Milchreis mit Zimt und Zucker.«

Ohne eine Antwort abzuwarten verließ er die Küche, in der sich Justus und Bob verdutzt gegenüberstanden. Bevor Peter die Tür hinter sich schloss, steckte er noch einmal den Kopf herein. »Übrigens«, sagte er auftrumpfend, »Spaghetti kommen in kochendes Wasser. Milchreis dagegen wird in kalter Milch zubereitet.«

Ausflug nach Reno

»Peter, wo bleibst du?« In Windeseile hatten Bob und Justus einen wahren Brotberg in der Mitte des Tisches aufgetürmt. Auf dem Herd köchelte der Milchreis. Jetzt wollten sie von ihrem Freund gelobt werden.

Die Tür ging auf und Peters Blick fiel auf die belegten Brote. Er strahlte die beiden an. »Ich muss euch diese verantwortungsvolle Tätigkeit wohl für immer überlassen. Auf diesem Gebiet seid ihr einfach konkurrenzlos gut.«

»Ende der Vorstellung«, konterte Bob. »Was hast du herausbekommen?«

»Ich hab's mal bei deinem Vater versucht.« Bob sah ihn überrascht an. Mr Andrews war Journalist bei der ›Los Angeles Post‹ und hatte Peter versprochen am nächsten Tag aus dem Archiv der Zeitung alles über die Familie Oames zu besorgen. Das Wichtigste wollte er dann den Jungs zur ›Reno Enterprise‹ faxen, bei der ein Freund von ihm arbeitete.

»Gut gemacht«, lobte Justus und biss herzhaft in ein Salamibrot.

»Und Cotta?« Bob strich sich die blonden Haare aus der Stirn. Es war ihm anzusehen, dass er selbst gerne auf die Idee mit seinem Vater gekommen wäre.

»Den hab ich beim zweiten Anlauf auch erreicht«, hatte Peter einen weiteren Erfolg zu vermelden. »Die Dame heißt Mandy Gibson-Taylor und wohnt in Truckee, einer kleinen Stadt am Interstate 80. Was sagt ihr jetzt?« Er sah in die Runde, ließ den beiden aber keine Zeit zur Antwort, sondern machte sofort weiter. »Und dann hab ich uns für morgen noch einen Leihwagen besorgt. Ab acht steht er in Baldwin Beach bereit.«

»Nicht schlecht, nach fünf Stunden auf der Piste«, ließ sich jetzt auch Bob zu einem Lob herab.

Plötzlich hörten sie Schritte.

»Kann ich reinkommen?« Capistranos Gesicht erschien in der Tür.

Hoffentlich hat er nicht alles mitbekommen, schoss es Justus durch den Kopf.

»Wir wollen morgen nach Squaw Valley, deshalb haben wir uns ein Auto besorgt.« Bob hatte die gleichen Befürchtungen und wie so oft blitzschnell eine Geschichte parat. »Wegen der Olympischen Winterspiele damals, 1960.« Geschickt verwickelte er den Polizisten in ein Gespräch über die beste Fahrtroute und die Sportgrößen vergangener Tage.

»Wollen Sie Tee?«, fragte Justus zuvorkommend, nachdem Bob ein Ende gefunden hatte.

Capistrano nickte und ließ sich leise ächzend auf einen der Küchenstühle sinken. Der Erste Detektiv schob ihm eine Tasse hin. Dann erstattete der Polizist einen knappen, sachlichen Bericht. Die Beamten gingen davon aus, dass Oames von mindestens zwei Männern entführt worden war. In seinem Zimmer gab es Spuren eines offenbar kurzen Kampfes. »Es ist nicht vorstellbar, dass einer allein den Mann, auch wenn er bewusstlos war, über die Treppe transportieren kann«, sagte Capistrano. Immerhin war das Opfer 1,85 Meter groß und ziemlich sportlich.

Oames junior hatte seinen anfänglichen Widerstand gegen die Anwesenheit der Polizei aufgegeben. Rund um die Uhr sollte mindestens ein Beamter die beiden Telefone im Haus, die über einen gemeinsamen Anschluss zu erreichen waren, bewachen. Capistrano rechnete damit, dass sich die Entführer zügig ein zweites Mal melden und den Übergabeort mitteilen würden. Er zwinkerte den Jungs zu. »Jetzt hab ich euch aber genug erzählt«, sagte er und erhob sich langsam. »Danke für den Tee.« Mit Handschlag verabschiedete er sich von den dreien. »Und haltet die Augen offen«, rief er im Hinausgehen.

Tante Mathilda kam erst nach dem Abendessen zurück und machte einen ziemlich angegriffenen Eindruck. Sie konnte sich nicht entscheiden, wer der unsympathischste der drei Neuankömmlinge war. Henry Simon und seine Frau hatten sowohl mit ihr als auch mit der Polizei mehrfach Händel anfangen wollen. Den Anwalt beschrieb sie als schleimigen Idioten, eine Wortwahl, die eigentlich kaum zu ihr passen wollte. Aber sie hatte sich nicht aus der Reserve locken lassen. »Noch nicht«, sagte sie drohend und verschwand in ihr Zimmer.

Auch die Jungs gingen früh ins Bett. Justus schlief schlecht in dieser Nacht. Unter anderem träumte er, dass er bei klirrender Kälte halb nackt am Rosenspalier hing, das ihn irgendwann mit in die Tiefe riss. Dennoch war er voller Tatendrang, als ihn die ersten Sonnenstrahlen weckten.

Bob und Peter hatten bereits geduscht, Tante Mathilda machte sich in der Küche zu schaffen. Sie war nicht besonders gesprächig und bereute offenbar ihren Entschluss, an den Lake Tahoe gekommen zu sein.

»Lasst sie lieber in Ruhe«, riet Justus den Freunden, bevor sie sich zum Frühstück in der Küche einfanden. Er kannte seine Tante gut. Sie war ein ausgeglichener, fast immer freundlicher Mensch, reagierte auf Onkel Titus' Eigenheiten und seine Leidenschaft für Altwaren der unmöglichsten Art genauso gelassen wie auf die Streiche und Abenteuer der Detektive. Wenn sie aber einmal mürrisch war, genügte ein einziger Tropfen um das Fass zum Überlaufen zu bringen. Die drei ??? wollten die unzweifelhaft mit einem Zornesausbruch verbundene sofortige Abreise aber auf jeden Fall verhindern.

»Wir fahren mit dem Bus nach Baldwin Beach«, sagte Justus, nachdem sie gefrühstückt hatten. »Sollen wir etwas mitbringen?«

»Danke, um zehn kommt der Lebensmittelhändler mit einer Lieferung«, antwortete seine Tante. »Das ist hier so üblich.« Sie schaute ihren Neffen gedankenverloren an. »Was wollt ihr zum Abendessen?«

Immerhin macht sie noch Pläne für den heutigen Tag, registrierte Justus zufrieden.

»Wir versorgen uns selber«, meinte Peter leichthin.

»Gut.« Tante Mathilda klopfte mit der flachen Hand auf den Tisch und stand auf. »Dann macht euch einen schönen Tag.« Sie ging zur Spüle. »Um das Frühstücksgeschirr kümmere ich mich schon. Ihr könnt verschwinden.«

Das ließen sie sich nicht zweimal sagen. Zumal es kurz vor halb neun Uhr war und in wenigen Minuten der Bus von der Haltestelle unten an der Straße abging.

Weder der Chevrolet noch das Polizeiauto standen vor der Villa. Zügig gingen sie die Zufahrtsstraße hinunter.

»Ob die weggefahren sind?«, dachte Peter laut.

»Wahrscheinlich steht der Wagen in der Garage«, meinte Bob und zuckte die Schultern. »Ist im Moment doch egal. Selbst wenn sie weg sind, kommen sie sicher bald wieder.«

Sie trafen fast zeitgleich mit dem Bus an der Haltestelle ein. Der Fahrer kassierte das Fahrgeld und nutzte die Gelegenheit zu fragen, ob die Jungs Gäste bei Mister Oames wären. »Hat nur selten Besuch«, schob er hinterher.

»Wir sind in dem Ferienhaus«, wich Justus aus. Er hatte keine Lust, sich ausfragen zu lassen. Zwei Frauen mit Einkaufstaschen saßen in dem sonst leeren Bus. Er schaukelte gemächlich über die kurvenreiche Straße am Seeufer. Immer wieder gab der schneebedeckte Wald den Blick auf den See frei.

»Wieso ist der nicht ganz zugefroren?«, wollte Peter wissen.

»Wahrscheinlich zu tief«, antwortete Justus und nahm sich vor bei nächster Gelegenheit ein Buch über die Gegend zu erstehen. Sie mussten sich ohnehin auch eine Straßenkarte besorgen, wenn sie gleich nach Truckee und Reno wollten.

Baldwin Beach bestand aus einer Ansammlung von Ferienhäusern. Nur wenige Gebäude waren das ganze Jahr bewohnt. Es gab einen Drugstore, ein kleines Café und eine große Garage mit Tankstelle und angeschlossenem Autoverleih.

Ein heller Glockenton kündigte sie in dem kleinen

Raum neben der Garage an. Hinter einer abgegriffenen Theke hing ein Brett mit einigen Wagenschlüsseln. Daneben führte eine Tür in eine Mechanikerwerkstatt.

»Hallo«, hörten sie eine weibliche Stimme, »ich komme sofort!« Einen Augenblick später stand ein großes Mädchen mit dunklem Bubikopf in der Tür und wischte sich mit einem Tuch notdürftig die Hände ab. Sie hatte einen blauen Overall an und offenbar bis eben an einem Auto gearbeitet. »Ich bin Sammy Brown«, sagte sie freundlich.

»Peter Shaw.« Der Zweite Detektiv machte eine kleine Verbeugung. »Das sind meine Freunde Justus Jonas und Bob Andrews. Wir haben einen Mietwagen bestellt.«

»Richtig, Paps hat mir davon erzählt.« Sammy blätterte in einem großen Buch. »Der Honda ist frei. Wenn euch der recht ist.«

»Klar«, flötete Peter.

Bob war Justus einen viel sagenden Blick zu. Trotz der frühen Morgenstunde war ihr Freund schon wieder ganz schön in Fahrt. »Deinen Führerschein, bitte.« Sammy reichte Peter ein Formular. »Und das hier müsst ihr ausfüllen.«

Der Zweite Detektiv stutzte und bekam mit einem Mal einen roten Kopf. Er drehte sich zu Bob und Justus um. »Ähm«, stotterte er und klopfte auf die Brusttaschen seiner Windjacke. »Habt ihr vielleicht einen Führerschein dabei?«

Bob konnte seine Schadenfreude kaum unterdrücken und zog mit großer Geste die Brieftasche aus der Hose. »Wer immer strebend sich bemüht, den können wir erlösen«, sagte er gedehnt. »Goethe, genauer gesagt Faust. Passt irgendwie oft. Vor allem auf dich.«

Peter wollte aufbrausen. »Wir erklären's dir später«, hielt ihn Justus zurück, während Bob nach dem Formular grapschte.

Sie vereinbarten abends Bescheid zu geben, ob sie den Wagen auch am nächsten Tag noch brauchten, und gingen über den Vorplatz der Garage zu einem blauen Auto. Sammy überreichte Bob die Schlüssel. »Der Tank ist voll, eine Straßenkarte liegt im Handschuhfach und die Schneeketten findet ihr neben dem Reserverad. Falls ihr sie braucht«, erläuterte sie. Sie bedankten sich und stiegen ein.

Schnell wurden sie sich einig, zuerst ins gut 80 Kilometer entfernte Reno und dann nach Truckee zu fahren. Hinter South Lake Tahoe überschritten sie die Grenze nach Nevada. In der Gegenrichtung standen an den Kontrollstellen einige Laster. Zwischen den einzelnen Bundesstaaten der USA gab es keine Passkontrollen, Kalifornien hatte aber besonders enge Bestimmungen für die Einfuhr von Lebensmitteln. Lastwagen, aber auch Reisende wurden regelmäßig durch Stichproben überprüft.

Gleich hinter der Grenze standen riesige Hallen mit aggressiven Lichtreklamen. Anders als in Kalifornien waren im Nachbarstaat Glücksspiele erlaubt. Nicht nur in Las Vegas, der größten und bekanntesten Stadt Nevadas, auch hier im Norden wurden jedes Jahr Millionen Spieler angelockt und Millionen Dollar verloren.

Sie fuhren auf dem Highway nach Carson City, der Hauptstadt Nevadas, und weiter Richtung Norden, bis sie die Wolkenkratzer von Reno-Downtown in der Vormittagssonne glitzern sahen. Geleitet von Peter, der sich den Weg zur ›Enterprise‹ hatte genau beschreiben lassen, fanden sie sich in Reno rasch zurecht. Durch den berühmten Torbogen, vorbei an den großen Casinos, kamen sie in die Innenstadt. Kurz vor elf standen sie vor dem Redaktionsgebäude im Zentrum der Stadt.

Bobs Vater hatte alles bestens organisiert. Als sie dem Portier ihre Namen nannten, drückte der ihnen ein dickes Kuvert in die Hand. Die Jungs bedankten sich höflich und steuerten ein kleines Bistro gegenüber an um das Material sofort zu sichten.

Auf der Suche nach Mandy

Oames' Erfolgsstory las sich eindrucksvoll. Er hatte als junger Mann nach dem Zweiten Weltkrieg in Europa Kontakt zu zwei großen Verlagen bekommen und war offenbar sofort fasziniert gewesen von der Vorstellung, Spiele herauszubringen. Anfang der 50er Jahre hatte er in Los Angeles dank der Hilfe eines Filmmillionärs eine Firma gründen können. Zehn Jahre später war er selbst reich. Er brachte Puzzles heraus, ausgefallene Quartette und Spiele aus anderen Erdteilen. Vor allem aber setzte er eigene Ideen um: Sein Silberminenspiel war seit vielen Jahren ein großer Renner.

Vor fünf Jahren hatte Oames den Betrieb an seine Kinder Henry Simon und Silvie übergeben um sich völlig zurückzuziehen. Er arbeitete nur noch für einen europäischen Verlag, der sehr anspruchsvolle Wissensspiele für Kinder und Erwachsene herausgab. Aus einigen Klatschgeschichten ging hervor, dass ihm weder die Unternehmensführung noch der Lebensstil seiner Kinder passte. Er hielt sich aber völlig heraus.

Henry Simon dagegen legte den Presseberichten zufolge großen Wert darauf, zur Highsociety von Malibu zu gehören. Von Silvie, die früher als Mannequin gearbeitet hatte, gab es ebenfalls reichlich Fotos von Empfängen, Bällen und Filmpremieren. Entgegen allen Unkenrufen war es den beiden aber bisher gelungen, die Firma auf Erfolgskurs zu halten. Der Gang an die Börse vor zwei Jahren hatte sich als wahrer Glückstreffer erwiesen.

Über eine Stunde saßen die drei in dem kleinen Café und schmökerten in den Zeitungsberichten. Dann vergewisserte sich Justus in einem Telefonat mit Tante Mathilda, dass es in der Villa keine Neuigkeiten gab. Schließlich verschwand er für eine Viertelstunde und kam mit einem Paket unter dem Arm zurück. »Hat 19 Dollar 50 gekostet«, teilte er mit. »Muss unsere Firma zahlen.« Er ließ die beiden ein bisschen zappeln, bevor er verriet, dass es sich um das Silberminenspiel von Mr Oames handelte. Er wandte sich zum Ausgang.

»Könnt ihr euch vorstellen, dass Oames…«, begann er im Hinausgehen.

»…dass Oames was?«, fragte Peter.

»Ach, ich weiß nicht.« Justus winkte ab.

»Jetzt sag schon«, drängte der Zweite Detektiv.

»…dass Oames das alles selber inszeniert hat.« Er blieb stehen und kratzte sich am Kopf. »Die Villa, das Anwesen und die Faszination, die Spiele auf ihn haben – vielleicht ist das alles auch nur ein Spiel.«

»Unwahrscheinlich«, knurrte Peter. »Es gab doch Reifenspuren. Also müsste sich Oames irgendwo einen Wagen besorgt haben. Mit dem Risiko, dass sich jemand an ihn erinnert.«

Justus zuckte die Schultern. Schweigend gingen sie zum Auto.

»Lasst uns zu der Gibson-Adresse nach Truckee fahren und dann so schnell wie möglich zurück«, schlug Peter vor. »Wer weiß, was inzwischen alles passiert ist.«

Trotz dichten Verkehrs kamen sie zügig aus Reno heraus. Sie überquerten die Grenze nach Kalifornien und bogen nach Truckee ab. Es war keine besonders interessante Stadt. Viele Häuser sahen gleich aus und die Schneeräumung funktionierte auch nicht überall. Fast wären die drei ??? an einer kleinen Steigung hängen geblieben. Bob ließ den Wagen etwas zurückrollen, fuhr nochmals an und schaffte das Hindernis.

Sie fragten sich zur Station Road West 93 durch und hielten vor einem zweistöckigen, frisch renovierten Haus. Ein älterer Mann kam gerade aus der Tür, als sie über die schneebedeckte Zufahrt gingen.

»Entschuldigung«, sagte Justus, »können Sie uns verraten, wo Mrs Gibson-Taylor wohnt?«

»Mandy«, meinte der Mann etwas zerstreut. »Ach, die gute Mandy.« Er strich sich die grauen Haare aus der Stirn. »Die ist nur noch selten hier. Gibt die Wohnung sowieso auf.« Er drehte sich halb um und schaute zu dem Haus. »Schade. Erst kämpft sie wie eine Löwin dafür, dass diese Bruchbude vom Keller bis unters Dach auf Vordermann gebracht wird. Und dann will sie auf und davon.«

Bob trat von einem Bein aufs andere. »Also, können Sie uns jetzt sagen, wo Mrs Gibson-Taylor wohnt?«, wiederholte er Justus' Frage.

Der Mann streckte den Arm nach oben. »Eigentlich hier unterm Dach. Aber sie zieht um nach Nevada, nach Carson City.« Er hielt inne. »Leider.«

»Ist sie vielleicht gerade zu Hause?«

Der Mann schüttelte den Kopf. »Gestern Abend war

sie da und hat ein Glas Wein mit mir getrunken. Heute ist sie in aller Frühe weg. Wer seid ihr eigentlich?«

»Bekannte«, sagte Justus schnell. »Wir müssen sie sprechen.« Er machte noch einen kleinen Schritt auf den Mann zu. »Ist Ihnen etwas an ihr aufgefallen, gestern Abend?«

Der Mann schüttelte wieder den Kopf.

»Lasst uns fahren«, raunte Peter, »hier kommen wir nicht weiter.«

»Mister«, versuchte Justus es noch einmal, »kennen Sie vielleicht die Adresse in Carson City?« Aber der Mann schüttelte bloß den Kopf und schlurfte murmelnd davon.

»Vielleicht sollten wir es noch bei den anderen Mietern versuchen.« So schnell wollte Justus nicht aufgeben.

»Deine Ruhe möcht ich haben.« Bob sah auf die Uhr. »Wir sind fast vier Stunden weg. Irgendwie habe ich ein ganz dummes Gefühl. Hier.« Er zeigte auf seinen Bauch.

Der Erste Detektiv ließ sich nicht umstimmen. Aber niemand reagierte auf ihr Klingeln. »Mist!«, ärgerte er sich und sah auf die beiden Nachbarhäuser zur Linken. Bob winkte energisch ab.

»Also gut«, gab Justus nach, »auf zur letzten Etappe der Seeumrundung.« Sie stiegen in den Wagen. Peter faltete die Straßenkarte auseinander um nach dem richtigen Weg zu suchen. Über Silver Creek und Tahoe City fuhren sie zurück zur Emerald Bay.

»Wisst ihr was?« Justus sah seine Freunde verschmitzt an, als sie von der Seestraße zur Villa einbogen. »Ich habe jetzt richtig Hunger.«

Früher hatte er große Probleme mit der Figur gehabt.

Vorbei war das erst, seit er mit Lys de Kerk befreundet war, einer jungen Schauspielerin, die ihre Karriere unterbrochen hatte um zurück aufs College zu gehen. Fast vorbei, wie ihn Bob und Peter gern aufzogen, vor allem, wenn er sich in der Badehose oder gar nackt unter der Dusche zeigte.

»Mal was ganz Neues.« Peter klatschte in die Hände. »Unser Boss hat Hunger. Das ist es nicht – Booooob!«

Bremsen quietschten, Bob riss das Lenkrad nach rechts, schleuderte von der Schneefahrbahn und kam nach einigen Metern knapp vor einem Holzstoß zum Stehen.

»Idiot!« Peter atmete tief durch und schickte dem roten Porsche einen wütenden Blick nach. »Viel hat da nicht gefehlt.«

»War 'ne Frau«, stöhnte Justus. »Fast hätte sie uns aufgespießt.«

Bob fluchte leise und legte den Rückwärtsgang ein. Die Vorderräder kreischten und drehten auf dem eisigen Untergrund durch. Er nahm etwas Druck vom Gaspedal. Tatsächlich gelang es ihm, den Wagen zurück auf die Straße zu manövrieren.

Als sie durch das Holztor hinauf zum Vorplatz fuhren, stand der schwarze Polizeiwagen wieder da. Niemand war zu sehen, Bob parkte den Honda schräg hinter dem Ferienhaus. Sie stiegen aus und gingen hinein.

»Ich schmier uns ein paar Brote«, bot sich Peter ganz entgegen der Ankündigung vom Vorabend an. Er zog seine Jacke aus und ging in die Küche. Die beiden anderen folgten ihm. »Heißen Dank«, fing der Erste Detektiv etwas umständlich an, als sie alle drei um den Küchentisch saßen. »Wegen vorhin. Wer weiß, wo wir gelandet wären, wenn du nicht so schnell reagiert hättest.«

Bob nickte. »War wirklich knapp.« Er schüttelte nachdenklich den Kopf. »Und dabei heißt es doch immer, Frauen seien die umsichtigeren Autofahrer.« Dann wechselte er das Thema. »Ich bin dafür, das Spiel auszuprobieren. Vielleicht bringt uns das weiter.«

Die Freunde waren sofort einverstanden. Justus stand auf und holte das Paket aus dem Vorraum. Während er sich in die Spielanleitung vertiefte, falteten Bob und Peter den stilisierten Plan der Silberminenstadt Virginia City auseinander. Durch Würfeln und kluge Züge in die eine oder andere Richtung konnten Silbervorkommen entdeckt werden. Die Spieler mussten Schürfrechte erwerben und verkaufen. Ziel war es, so viele Minen wie möglich in seinen Besitz zu bekommen, allerdings – und das war eine Besonderheit – ohne dabei in Streit mit den Nachbarn zu geraten. Der stand immer dann an, wenn besonders gekennzeichnete Felder betreten wurden. Wer dorthin kam, weil er Pech hatte oder ungeschickt spielte, der wurde Schürfrechte an die Nachbarn los.

»Offenbar ein friedliebender Mensch, der alte Oames«, sagte Justus mehr zu sich selbst.

»Im Gegensatz zu seinen Kindern«, ergänzte Peter und biss herzhaft in ein drittes Brot. »Fangen wir an?« Sie hatten alle gerade einmal gewürfelt, als sie durch lautes Türknallen unterbrochen wurden. Die drei ??? sahen auf.

»Seid ihr hier?« Das war unverkennbar Tante Mathildas Stimme.

»Ja«, rief Bob, »in der Küche!«

Tante Mathilda ließ ihnen nicht einmal die Zeit, sie zu begrüßen. »Wir fahren ab.«

Justus würfelte noch einmal und drehte sich danach bedächtig zu seiner Tante um. »Können wir noch mal darüber reden?«, sagte er in festem Ton.

Tante Mathilda schüttelte den Kopf. Oames junior hatte sie gleich nach dem Frühstück beleidigt. Dann war auch noch seine Schwester angekommen. »In einem knallroten Porsche. Die ist noch ärger«, erzählte Mathilda. »Wie eine Furie hat sie mich angefaucht, weil ihr Zimmer nicht gelüftet war. Dann wollte sie, dass ich die Fenster ihres Sportwagens putze.« Die drei ??? sahen sich augenzwinkernd an. Sie wussten, dass man Tante Mathilda so nicht kommen durfte. »Das muss ich mir nicht bieten lassen«, bekräftigte Tante Mathilda. Nach dem Mittagessen war es zu einer zweiten und eben erst zu einer dritten Auseinandersetzung gekommen, weil sie sich geweigert hatte die Aufräumungsarbeiten in Oames' Zimmer zu unterbrechen und einige Paar Schuhe zu putzen.

»Und wie hast du dir vorgestellt, sollen wir heimfahren?«, fragte Justus und stand auf um ihr seinen Platz anzubieten. »Ich wollte Morton anrufen«, antwortete Tante Mathilda.

Peter sah auf die Uhr. »Aber der kann doch frühestens kurz vor Mitternacht hier sein, wenn er so kurzfristig überhaupt Zeit hat.«

»Was schlagt ihr vor?« Tante Mathilda zuckte die Schultern. »Hier bleibe ich jedenfalls nicht.«

»Mrs Jonas«, versuchte Bob sein Glück, »wenn Morton uns ohnehin nicht vor morgen zurückfahren kann – können wir dann nicht auch die Entscheidung auf morgen vertagen?« Er deutete in Richtung Villa. »Wir könnten drüben doch helfen.«

»Keine schlechte Idee.« Peter war sofort Feuer und Flamme und begann das Spiel einzupacken. »Wir ziehen uns um, gehen rüber und servieren der feinen Gesellschaft den Nachmittagskaffee.«

»Ihr?«, fragte Tante Mathilda. »Ist das euer Ernst? Nachmittagskaffee servieren? Könnt ihr das überhaupt?«

Sie sah langsam von einem zum anderen, als hätten sie behauptet, sie bekämen demnächst den Nobelpreis für eine komplizierte Erfindung. »Bitte sehr, versucht euer Glück! Es steht alles in der Küche. Ich betrete diese Villa jedenfalls nie wieder.«

Bob im Alleingang

Peter glaubte zu wissen, was passieren würde. »Die schmeißen uns raus, bevor wir richtig drin sind«, prophezeite er, während sie über den Vorplatz marschierten. Dann fiel sein Blick auf den Honda, den Bob hinter dem Ferienhaus geparkt hatte. »Um den Porsche dieser Wahnsinnsfahrerin Silvie müssen wir uns auch noch kümmern.«

»Eins nach dem anderen«, meinte Bob. »Jetzt erobern wir erst mal die Herzen dieser überaus sympathischen Mitmenschen. Und wenn sie keinen Kaffee wollen, bekommen wir wenigstens die Gelegenheit, uns einen Überblick zu verschaffen.«

»Reingehen oder läuten?«, fragte Peter, als sie unter dem geschwungenen Glasdach angekommen waren. Er fuhr sich mit beiden Händen durchs Haar.

»Willst wohl mit allen Mitteln Eindruck schinden«, flachste Justus. »Hilft garantiert. Wir gehen rein. Sonst wimmeln sie uns gleich an der Tür ab.«

Sie betraten das Haus. Es war mucksmäuschenstill. Keine der Türen zum großen Vorraum stand offen. Durch das bunte Fenster über der Treppe fielen einige Sonnenstrahlen in die Diele und gaben der hohen Holzverkleidung an den Wänden eine anheimelnde Note.

»Richtig gemütlich«, flüsterte Bob und wandte sich in Richtung Salon. Justus klopfte schon an die Tür.

»Herein«, sagte eine feste Stimme. Sergeant Hawthrone saß wie am Vortag auf dem Sofa und sah sie erstaunt an. »Ihr?« Er stand auf. »Was gibt's denn?«

»Das wollten wir auch gerade fragen«, sagte Justus keck.

Einen Moment lang überlegte der Polizist. Dann hellte sich seine mürrische Miene auf. »Capistrano hat mir erzählt, dass ihr Cotta kennt. War mein Ausbilder auf der Polizeischule. Is 'n prima Kerl.«

»Wissen wir«, erwiderte Justus. »Können wir uns setzen?« Im selben Augenblick machte er es sich in einem der Sessel bequem und die beiden anderen taten es ihm nach.

»Wo sind eigentlich die Herrschaften?«, fragte Peter so beiläufig wie möglich.

»Oben. Am anderen Telefon.« Hawthrone machte eine entsprechende Kopfbewegung und verdrehte die Augen. »Mit einem Kollegen von mir. Die wollen jetzt einen privaten Entführungsspezialisten einsetzen.« Er hielt inne und dachte kurz nach. »Euch kann ich's ja erzählen.« Hawthrone schien einem kleinen Plausch nicht abgeneigt.

»Wir haben da einen roten Porsche gesehen«, sagte Justus und schlug die Beine übereinander.

»Gehört der Tochter von Mister Oames«, nahm der Polizist den Faden sofort auf. »Die müsstet ihr mal sehen. Sieht super aus.«

Peter lenkte das Gespräch auf die Entführer. Hawthrone sagte knapp, sie hätten sich nicht mehr gemeldet.

»Eigentlich ungewöhnlich«, meinte Bob, »oder?«

Der Polizist nickte. Sein auffallend breiter Mund verlieh ihm einen freundlichen Gesichtsausdruck. »Oames ist jetzt vierzig Stunden verschwunden. Je länger die warten, desto größer die Chance, dass wir sie finden.«

Justus setzte seine naive Miene auf. »Gibt's denn neue Spuren?«

»Nur diese Reifenabdrücke. Vermutlich von einem Kleinwagen. Und das Profil von einem Turnschuh, in der Erde neben der Terrasse.« Hawthrone schien keine Bedenken mehr zu haben, sie ins Vertrauen zu ziehen.

Er nimmt uns nicht richtig ernst, dachte Justus, aber das kann uns nur recht sein. »Doch das Rosenspalier«, murmelte er in sich hinein, so dass der Sergeant es nicht hören konnte.

Das Telefon läutete. Der Polizist schreckte leicht zusammen. Dann legte er die Hand auf die Lippen und machte drei Schritte zum Schreibtisch, auf dem auch das Aufnahmegerät untergebracht war. Er fixierte das Telefon. Als es nicht mehr läutete, nahm er den Hörer ab und drückte die Aufnahmetaste. Dabei wandte er den Jungen den Rücken zu und sah angestrengt zum Fenster hinaus.

»Kommt«, zischte Justus. »Eins höher.«

Der dicke Läufer verschluckte ihre Schritte, als sie die Treppe hinaufsprangen.

»Ihr hier lang, ich da«, kommandierte Justus, als sie im ersten Stock angekommen waren. Auch die Gänge waren mit dicken Teppichen ausgelegt. An den Wänden hingen geometrische Lampen, die den Flur in ein sanftes Licht tauchten. Kaum zehn Meter entfernt, öffnete sich im rechten Gang eine große Flügeltür. Stimmen wurden laut. Die drei ??? sahen sich erschrocken um. Peter deutete auf einen kleinen Erker zwischen Treppenabsatz und dem linken Flügel der Villa. Er bot ihnen gerade genug Platz.

»Ihr Capistrano muss eben sofort kommen«, war die Blondine zu vernehmen. Sie sahen ihren Kleidersaum, als sie die Treppe hinunterschwebte. Ihr Mann, diesmal in einer karierten Golfhose, der Anwalt, der zum Anzug überraschenderweise Turnschuhe trug, und ein Polizist in Zivil folgten ihr. »Ist das Geld beisammen?«, fragte der Anwalt. Danach fiel die Salontür ins Schloss.

Die drei verließen ihr Versteck. Eigentlich hatten sie gehofft, an einer Tür lauschen und das Zimmer von Oames in Augenschein nehmen zu können. Daraus wurde nun nichts.

»Irgendetwas ist da los«, flüsterte Peter.

»Merkst auch alles.« Justus zeigte auf das Zimmer, das die vier gerade verlassen hatten. »Vielleicht gibt's hier oben auch ein Aufnahmegerät.«

»Das erledige ich.« Bob ergriff die Initiative. Schließlich war er berühmt für seine schnellen Entschlüsse und Alleingänge. »Wir treffen uns drüben im Haus.« Ohne eine Antwort abzuwarten sprang er davon.

Der Erste Detektiv schickte ihm einen wenig freundlichen Blick nach. Bobs spontane Unternehmungen waren zwar meistens erfolgreich, manchmal aber auch ganz schön riskant. »Lass ihn.« Peter ahnte, woran Justus dachte. »Er wird schon wissen, was er tut.« Lautlos verließen sie die Villa auf demselben Weg, auf dem sie gekommen waren.

Bob erfasste das Zimmer mit einem einzigen Blick. Es war eine Mischung aus Sport- und Arbeitsraum. Neben der Balkontür standen ein ausladender Glasschreibtisch, ein Computer und ein Laserdrucker und auf der anderen Seite einige Trimmgeräte. Oames schien ziemlichen Wert auf gute Kondition zu legen, was den Entführern die Sache sicher nicht einfacher gemacht hatte. Auf dem Tisch befanden sich ein auffallend altmodisches Telefon und das Aufnahmegerät der Polizei.

Er warf einen Blick zurück in den Flur. Nichts regte sich. Mit drei großen Schritten erreichte er den Tisch. Er streckte die Hand nach dem Kassettenrekorder aus, zuckte aber gerade noch rechtzeitig zurück und nahm sein nicht mehr ganz blütenweißes Taschentuch zur Hand um Fingerabdrücke zu vermeiden.

Das Gerät gab eine metallen klingende Stimme wieder, die statt einer jetzt zwei Millionen Dollar für Oames' Freilassung verlangte. »Nicht schlecht«, murmelte Bob.

»Um sechs am Rubicon Point. Ohne Polizei. Das Geld in einer Plastiktasche ohne Aufschrift im Papierkorb deponieren. Der dritte von links«, sagte der Entführer. Dann wurde die Leitung unterbrochen.

Bob überlegte konzentriert. Der Anruf hatte keine zwanzig Sekunden gedauert. Die Fangschaltung der Polizei war vermutlich wieder erfolglos geblieben. Er sah auf die Uhr. Es war kurz nach fünf. Sie hatten also nicht mehr viel Zeit, wenn sie am Rubicon Point dabei sein wollten.

Er ging zurück in Richtung Flur. Mitten im Zimmer hielt er erschrocken inne. Von draußen waren Stimmen zu hören, die eindeutig näher kamen.

Hastig eilte Bob zur Balkontür. Er hätte einerseits dem Gespräch gerne gelauscht, wollte aber andererseits auf keinen Fall riskieren entdeckt zu werden. Mit dem Taschentuch drückte er die Türklinke nach unten.

»... und dann in den Papierkorb geben«, konnte er eine schleppende Männerstimme hören. Der Anwalt, schoss es Bob durch den Kopf. Erst dann spürte er, dass die Klinke nicht nachgab. Irritiert sah er sich im Zimmer um. Weder das Rudergerät noch die Sprossenwand boten eine Möglichkeit, sich zu verstecken. Der Schreibtisch! Bob huschte unter die Glasplatte, die von zwei Holzwänden getragen wurde, und hielt den Atem an. Es war ihm klar, dass der notdürftige Unterschlupf nichts taugte, wenn die Männer eintreten sollten.

»Und wo ist die blaue Tasche?«, fragte der junge Oames.

»Im Porsche von Miss Silvie, im Kofferraum«, antwortete der Anwalt lispelnd.

»Holen Sie sie«, fuhr Oames ihn an. »Ich warte unten.«

Angestrengt lauschte Bob in den Flur. Nichts mehr war zu hören. Er krabbelte aus seinem Versteck und starrte ärgerlich auf die Balkontür. Wenn Peter nur hier wäre! Oder wenigstens sein kleines schwarzes Etui mit den Nachschlüsseln.

Justus hatte schon ein paar Mal nervös auf seine Uhr gesehen. Er stand mit Peter in der Küchentür, sein Ärger wuchs.

»Wir brauchen diese Information doch«, versuchte der Zweite Detektiv den Freund zu besänftigen.

»Eben«, konterte Justus giftiger, als er eigentlich wollte. »Und wo bleibt unser Spezialist für Recherchen dann so lange?«

»Acht Minuten«, warf Peter ein. »Gut Ding will Weile haben.« Sie schwiegen. Auf dem Vorplatz war das Schlagen einer Autotür zu hören.

Plötzlich tauchte Bob auf und setzte mit einem Sprung über das Türchen am Kräutergarten.

»Ging ja schnell.« Justus hatte eine spöttische Miene aufgesetzt.

»Und war erfolgreich.« Bob strahlte über das ganze Gesicht. Dass er um ein Haar entdeckt worden wäre und das Haus ziemlich waghalsig durch eine Abstellkammer über die Regenrinne verlassen hatte, würde er den beiden später erzählen.

»Wir haben nicht viel Zeit«, sagte er unternehmungslustig und schob die beiden Freunde in die Küche. »In einer knappen Stunde soll in einem Papierkorb am Parkplatz beim Rubicon Point das Lösegeld deponiert werden. Stellt euch vor, die wollen jetzt zwei Millionen Dollar!«

Justus runzelte die Stirn. »Wie soll denn das gehen? Könnt ihr mir erklären, wo Oames' Kinder in der kurzen Zeit so viel Geld aufgetrieben haben?«

Peter zuckte die Schultern. »An Geld ist kein Mangel, das sieht man doch. Außerdem ist die Sache noch nicht gelaufen.«

»Meinst du, die bluffen?«, fragte Justus und schüttelte den Kopf.

»Wer soll bluffen?«, erwiderte Peter. »Du glaubst doch

etwa nicht immer noch, dass Oames selbst hinter dem Ganzen steckt.«

»Ich glaube gar nichts«, belehrte ihn Justus in diesem berühmten Tonfall, den seine beiden Freunde nicht an ihm mochten. »Ich habe eine These zu bedenken gegeben.«

»So ein Mist«, schimpfte Bob plötzlich. Er schlug mit der flachen Hand auf den Tisch. »Ich habe die Aufnahme nicht zurückgespult.« Er drehte sich um und wollte los.

Der Erste Detektiv reagierte blitzschnell und bekam ihn gerade noch am Oberarm zu fassen. »Bleib hier«, zischte er. »Das ist doch viel zu gefährlich.«

»Er hat Recht«, sprang ihm Peter bei. »Wenn Oames freikommt, ist's ohnehin egal.« Er legte eine Pause ein. »Und wenn nicht, wär's doch ganz schön blöd, wenn die einen von uns erwischen würden.«

»Okay, okay«, lenkte Bob ein. »Dann lasst uns aber zum Rubicon Point aufbrechen.«

Justus war von dieser Idee gar nicht begeistert und wollte Hamburger für alle verwetten, dass sie am Rubicon Point nichts, aber auch gar nichts erleben würden. »Wir werden die Einzigen sein, die sich da einfinden«, prophezeite er mürrisch. Bob drehte sich zu seinem Freund um und funkelte ihn an. »Wenn du keine Lust hast, hab ich einen Tipp für dich. Du nimmst dir ein gutes Buch, setzt dich in dein Zimmer und wartest auf uns.«

Kein Papierkorb für das Lösegeld

Im Dienste der Sache, wie Peter ziemlich geschwollen formulierte, hatten Justus und Bob ihren Streit dann doch noch beendet, bevor er richtig losgehen konnte. Natürlich saß der Erste Detektiv schließlich nicht lesend in seinem Zimmer, sondern auf dem Beifahrersitz des Honda.

Es war noch hell, als die drei ??? zum zweiten Mal an diesem Tag nach Norden aufbrachen. Um nicht aufzufallen hatten sie ihre Skier ins Auto gepackt. In Abwesenheit dankten sie Mister Oames oder dem, der sonst dafür verantwortlich sein mochte, dass der Parkplatz neben dem Ferienhaus von der Villa nicht einzusehen war und sie unbeobachtet verschwinden konnten. Sie wollten in jedem Fall auf Nummer Sicher gehen, deshalb fuhr Peter den Wagen an die Straße und Bob und Justus spazierten betont gelangweilt hinterher, nicht ohne sich auf dem Vorplatz verstohlen nach dem roten Porsche umzusehen. Aber Silvie war offenbar noch nicht zurückgekehrt.

Es waren nur wenige Meilen bis zu dem angegebenen Ort. Die Straße war an dieser Stelle etwa 500 Meter vom Seeufer entfernt, der Parkplatz zog sich länglich zu einem Aussichtspunkt hin. Peter parkte den Honda neben zwei anderen Wagen. Beide hatten südkalifornische Kennzeichen, die Justus sogleich in sein Supergedächtnis einspeicherte.

»Wir könnten uns da hinten im Wald verstecken«, schlug Peter vor.

»Zuerst müssen wir den Papierkorb finden«, widersprach Bob, »hier gibt's doch sicher mehrere.«

Langsam gingen sie in Richtung See.

»Na, seht euch das an.« Justus nickte zu einer Stange hinüber. »Aber diskret, wenn ich bitten darf. Wir sind ganz harmlose Spaziergänger und wollen nicht auffallen.« Sie schlenderten zu dem Metallstab, der etwa einen Meter aus dem Boden ragte. »Abgenommen«, fuhr der Erste Detektiv fort, »einfach abgenommen.«

»Was soll denn das heißen?« Bob wollte schon stehen bleiben, wurde aber durch einen sanften Rippenstoß zum Weitergehen animiert.

»Unser Entführer ist offensichtlich kein Kenner des Lake Tahoe und seiner Parkplätze. Jedenfalls nicht im Winter«, antwortete Justus.

»Sonst hätte er gewusst«, ergänzte Peter, »dass hier um diese Jahreszeit keine Papierkörbe hängen.«

»Und jetzt?« Bob sah auf die Uhr. »In zehn Minuten müsste Oames kommen.«

Peter nickte zum Wald hinüber. »Vielleicht sitzen die Entführer da drüben und beobachten uns schon die ganze Zeit.«

»Oder die Polizei«, sagte Bob.

»Oder beide.« Feixend zog Justus ein belegtes Brot und zwei Bananen aus seiner Jackentasche. »Aber was soll's? Wir machen hier doch nur eine kleine Rast nach einem langen anstrengenden Skitag. Was wollt ihr essen?«

Peter und Bob teilten sich verdutzt das Brot und eine Banane, Justus biss herzhaft in die krumme Frucht und ließ es sich schmecken.

»Und jetzt vertreten wir uns noch die Beine«, sagte er ein paar Minuten später, auf einen schmalen Waldweg deutend, der sich eine Anhöhe hinaufschlängelte. Mit großen Schritten gingen sie auf den dichten Wald zu.

»Blödes Gefühl«, raunte Bob, »wenn man nicht weiß, ob man beobachtet wird.«

»Denk einfach nicht dran«, riet ihm Justus, »wir können's jetzt ohnehin nicht mehr ändern.«

»Mal sehen«, meinte Peter mehr zu sich selbst und blieb bei einer dicken Tanne stehen, »was Oames macht, wenn er merkt, dass es gar keine Papierkörbe gibt.«

Gute fünfzehn Minuten später war die Frage beantwortet. Die drei ??? hatten sich hinter der Tanne versteckt und lugten am Stamm vorbei. Peter zog sein Fernglas aus der Jackentasche. Sie konnten genau beobachten, wie der Chevrolet auf den Parkplatz einbog. Henry kam allein, falls niemand im Kofferraum lag oder sich tief hinter die Vordersitze duckte. Ohne den Motor abzustellen stieg er langsam aus.

»Nur gut, dass es nicht schon eine halbe Stunde später ist«, raunte Bob. »Sonst wäre es zu dunkel, um was zu sehen.«

»Dasselbe haben sich die Entführer vermutlich auch gedacht«, antwortete Peter trocken.

Henry hatte eine pralle blaue Plastiktasche bei sich.

»Steht was drauf?«

»Kann nichts erkennen.«

Mit langsamen Schritten durchmaß der junge Oames den Parkplatz. Wie die Jungs zuvor blieb er an einer der Eisenstangen stehen. Unschlüssig sah er sich um.

Plötzlich ballte er die rechte Hand zur Faust. Und dann sah es so aus, als schlüge er auf einen nicht vorhandenen Tisch. Er nahm die Tasche unter den Arm, ging rasch zum Auto zurück, stieg ein und fuhr davon.

»Und jetzt?«, fragte Peter.

»Bleiben wir noch hier«, erwiderte Bob. »Das war bestimmt nicht alles.«

Justus zog seine dick wattierte Jacke fester um die Schultern und sah den Freund fragend an.

»Es gibt doch nur zwei Möglichkeiten. Entweder die Entführer sind hier irgendwo oder sie sind es nicht«, fuhr Bob unbeirrt fort. »Ich an ihrer Stelle wäre hier nicht.«

»Warum?«, fragte Justus und lehnte sich an den Baumstamm. »Die müssen doch damit rechnen, dass die Familie sich nicht an ihr Verbot gehalten hat und der Platz von der Polizei überwacht wird.« Bob deutete auf die zwei Autos neben dem Honda. »Wer sagt, dass das keine Polizeiautos sind?«

»Gut«, schaltete sich der Erste Detektiv wieder ein, »aber irgendwie müssen sie an ihr Geld kommen.«

Peter kratzte sich am Kopf. »Nur ist das hier ein denkbar ungeeigneter Platz dafür.«

Justus gab seine bequeme Haltung auf und stellte sich vor die Freunde. »Und was ist, wenn die das Geld hier gar nicht wollten? Oder der?« Er sprach schneller. »Was ist, wenn die ganze Inszenierung nur dazu diente, um zu sehen, ob die Familie überhaupt reagiert?«

»Du denkst schon wieder an den alten Oames«, unterbrach ihn Peter.

»Hört ihr das?« Bob hob die Hand. Dann ging er rasch

zwei Schritte in Richtung Parkplatz. Die beiden anderen lauschten.

»Wie ein altes Motorrad«, murmelte Peter. »Oder...«

»Oder wie ein Boot«, vollendete Justus. »Kommt schnell!«

Sie rannten durch den Wald an eine Stelle, von der aus man den See sehen konnte. Nur noch schemenhaft war in der Dämmerung ein kleines Boot zu erkennen, mit mindestens zwei, möglicherweise auch drei Menschen darin. Peter setzte noch einmal sein Fernglas in Aktion. Das Boot kam ans Ufer. Zuerst geschah gar nichts. Plötzlich löste sich eine Gestalt, lief mit großen Schritten auf den Parkplatz zu, drehte abrupt wieder um und hastete zurück zum Boot. Dann hörten die drei ??? nur noch das Tuckern.

»Jetzt versteh ich gar nichts mehr.« Justus schüttelte verwundert den Kopf und zupfte an seiner Unterlippe. Sie beobachteten angestrengt, ob sich im Wald etwas bewegte. Aber alles blieb still.

Auf dem Rückweg zum Wagen ließ es sich Justus nicht nehmen, pfeifend und singend den fröhlichen Skifahrer zu mimen.

»Ich lad euch auf etwas Trinkbares ein«, sagte Bob unvermittelt, als sie schon zwei Kilometer hinter sich hatten.

»Super!«, rief Justus, der auch keine Lust hatte, schon ins Haus zurückzukehren, vor allem des Zusammentreffens mit Tante Mathilda wegen. Obwohl er schon ganz genau wusste, wie er ihr den Gedanken an eine Abreise ausreden würde.

Sie fuhren an Oames' Anwesen vorbei. Es war inzwischen völlig dunkel und die Uferstraße kaum noch belebt. Auch Baldwin Beach machte einen ziemlich ausgestorbenen Eindruck. Bob sagte in der Tankstelle Bescheid, dass sie das Auto noch einige Tage behalten wollten. Gegenüber lockte eine giftgrüne Neonreklame. Das dazugehörige Restaurant war geschlossen.

Zwei Häuser weiter hatten sie mehr Glück. Sie betraten eine im Stil der Fünfzigerjahre eingerichtete Kneipe, von der auf den ersten Blick nicht zu sagen war, ob das Nierentisch-Mobiliar wirklich erst neuerdings angeschafft worden war oder schon immer dastand.

»Dreimal Orangensaft«, bestellte Peter, als sie an der Theke vorbeikamen. Sie gingen in den hinteren Teil des lang gestreckten Raums, zogen ihre dicken Jacken aus und ließen sich nieder. Nur drei Tische waren besetzt. Ein junger Mann brachte ihre Getränke.

»Angenommen, du hast Recht«, sagte Justus zu Bob. »Wer waren dann die im Boot?«

»Nicht so schnell«, unterbrach ihn Peter und legte den Zeigefinger auf den Mund. »Nehmen wir also mal an, dass die Entführer...«

»...oder Oames«, warf Justus ein.

»...heute gar nicht scharf waren auf das Lösegeld. Sondern dass sie nur die Reaktion der Familie und vielleicht auch der Polizei testen wollten.«

Justus und Bob nickten. »Vielleicht waren Polizisten in dem Boot«, meinte Bob.

»Glaub ich nicht«, fuhr Peter fort und sog an seinem Strohhalm. Er wandte sich an Justus. »Wie kommst du eigentlich darauf, dass Oames selber hinter der Sache stecken könnte?«

Der Erste Detektiv zögerte mit der Antwort. Er hatte sich die Frage selbst schon mehrfach gestellt. »Im Gegensatz zur Polizei halte ich es für ziemlich unwahrscheinlich, dass ein großer, sportlicher Mann ohne Aufsehen aus dem ersten Stock einer Villa transportiert werden kann«, sagte Justus langsam. »Er selber hätte einfach die Treppe nehmen können.«

»Aber warum?«, warf Peter ungeduldig ein.

»Vielleicht hat er Zweifel an der Loyalität seiner Kinder«, antwortete Justus.

»Eine Entführung vorzutäuschen um herauszufinden, ob man von seinem Sohn und seiner Tochter geliebt wird?« Bob schüttelte den Kopf. »Eine ziemlich verrückte Idee.«

»Was hätte er denn auch davon?«, drang Peter weiter in Justus.

»Immerhin zwei Millionen Dollar«, meinte der Erste Detektiv trocken. Peter sah ihn unzufrieden an. »Sag doch noch mal, was genau auf dem Band zu hören war«, forderte er dann Bob auf. Der beugte sich ein wenig vor, damit er leise reden konnte. »Eine Stimme hat zwei Millionen verlangt, in einer Plastiktasche, die um 18 Uhr im dritten Papierkorb links unten auf dem Parkplatz deponiert werden sollte. Von Oames und ohne Polizei. Das war alles.« Er stockte. »Moment mal, das war nicht alles!«

»Nicht so laut«, mahnte Justus. »Jetzt sag schon.«

»Die Stimme war eine andere.«

»Eine andere?« Peter verstand nicht gleich.

»Eine andere als beim ersten Mal?«

»Sind ja auch mindestens zwei Entführer«, sagte der Zweite Detektiv.

»Oder ein Trittbrettfahrer.«

Peter schaute den Freund entgeistert an. »Wie hätte der erfahren sollen, dass Oames entführt wurde?«

Bob zuckte ratlos die Schultern. »Keine Ahnung. Aber ausgeschlossen ist es auch nicht. Oder?«

»Klar ist jedenfalls«, wechselte Justus das Thema, ohne auf Bobs Frage einzugehen, »dass wir hier bleiben müssen.« Er sah auf die Uhr und rief nach der Rechnung. »Wir müssen's hinter uns bringen.«

»Was hinter uns bringen?«, fragte Bob, während er nach seinem Kleingeld fingerte.

»Das Gespräch mit Tante Mathilda.« Justus zwinkerte den Freunden verschmitzt zu. »Sie fährt nämlich nicht ab. Weder morgen noch übermorgen. Sie weiß es nur noch nicht.«

Oames sammelt Informationen

Großen Widerstand leistete Tante Mathilda nicht. Ziemlich zielstrebig erinnerte ihr Neffe sie daran, dass er vor drei Tagen das Jonas'sche Haus in Rocky Beach davor bewahrt hatte, ein Raub der Flammen zu werden. »Also habe ich ja wohl mindestens einen Wunsch frei«, krönte er seine Überredungskünste, »wahrscheinlich sogar mehrere.«

Tante Mathilda wusste gleich, worum es ging. Sie hatte, nachdem die erste Aufregung vorüber war, schon selbst darüber nachgedacht, dass ihr die Jungs eine Abreise in dieser Situation ziemlich übel nehmen würden. »Ihr wollt bleiben?«, fragte sie Justus und legte ihm den Arm um die Schulter.

»Was heißt wollen?«, fragte Justus und setzte seine pflichtbewussteste Miene auf. »Wir müssen. Das da drüben ist ein Fall. Da können wir nicht einfach wegrennen. Kannst du doch verstehen, oder?«

»Natürlich«, sagte Tante Mathilda versöhnlich und seufzte. »Na schön, ich bleibe auch. Obwohl mir die Herrschaften ganz schön auf die Nerven gehen.«

Justus nutzte die Gelegenheit und rückte gleich noch mit einer zweiten Bitte heraus. Wenn die drei ??? hier blieben, dann wollten sie den Fall Oames auch lösen, das verstand sich von selbst. Also mussten sie sich einmal in Ruhe in seinem Schlafzimmer umsehen. Er setzte ihr seinen Plan auseinander. Tante Mathilda sollte das gemeinsame Frühstück der Familie am nächsten Morgen etwas hinauszögern und sie warnen, wenn jemand den Salon vorzeitig verließ.

»Einverstanden«, sagte Tante Mathilda nach kurzem Überlegen. »Und jetzt gehen wir zu Bob und Peter um ihnen die Neuigkeiten schonend beizubringen.«

Die beiden fielen ihr um den Hals, was nur ganz selten vorkam. »Haben Sie Morton eigentlich angerufen?«, fragte Peter neugierig.

Tante Mathilda lächelte. »Bleibt mein Geheimnis. Ich will von euch ja auch nicht wissen, was ihr so alles treibt.«

Zufrieden gingen die drei ??? an diesem Abend ins Bett. Vorher hatten sie auf einem Briefbogen noch alles zusammengeschrieben, was sie bisher über die Entführung und den Entführten wussten. Außerdem beschlossen sie Cotta noch einmal um Hilfe zu bitten.

»Es ist so weit«, rief Tante Mathilda in die Küche des Ferienhauses, wo die drei ??? warteten. »Der junge Oames sitzt schon am Tisch und die anderen wollen auch gleich da sein.« Ohne eine Antwort abzuwarten kehrte sie in die Villa zurück. Glücklicherweise hatte auch die Küche im Haupthaus zwei Türen, eine zur Diele und die zweite zum Kräutergarten, in dem etwas verloren einige winterharte Gewächse herumstanden.

Tante Mathilda hatte den Riegel offen gelassen, so dass Justus, Peter und Bob unbemerkt ins Haus eindringen konnten. Sie hatten ein Zeichen vereinbart: Sollte die Tür zum Salon offen stehen, war die Frühstücksrunde nicht vollzählig, war sie geschlossen, konnten die drei Detektive gefahrlos in den ersten Stock.

Bob spähte vorsichtig aus der Küchentür. »Zu«, zischte er. »Also los.«

Mit leisen Trippelschritten durchquerten sie den großen Vorraum. Unbemerkt liefen sie die Treppe hinauf in den ersten Stock. Tante Mathilda hatte ihnen die Lage von Oames' Schlafzimmer genau beschrieben.

»Zweite Tür rechts im linken Gang«, wiederholte Justus flüsternd und zog ein frisches Taschentuch aus seiner Jeanstasche. Vorsichtig drückte er damit die Klinke herunter. Verschlossen!

»Lass mich!« Peter schob den Ersten Detektiv zur Seite. Er hatte bereits dünne Plastikhandschuhe angezogen und entrollte sein schwarzes Etui, das Bob am Vortag so schmerzlich vermisst hatte. Er warf einen kurzen Blick auf das Schloss, griff nach dem Dietrich und öffnete die Tür mit einem routinierten Handgriff.

»Hoffentlich können wir uns bei Oames irgendwann dafür entschuldigen«, flüsterte Justus, nachdem sie den großen Holzflügel leise geschlossen und wieder verriegelt hatten.

Sie sahen sich um. Tante Mathilda hatte ganze Arbeit geleistet. Das Zimmer war picobello aufgeräumt. Auch dieser Raum war mit einer Wandverkleidung aus Holz getäfelt. Außerdem gab es eine Kassettendecke mit vielen geschwungenen Linien.

»Jugendstil.« Leise ahmte Peter den Ersten Detektiv nach. »Eine Stilrichtung der angewandten Künste und der Architektur.«

Justus stoppte ihn mit einer unwirschen Handbewegung. »Lass das! Wir haben jetzt anderes zu tun.«

Bob zog ebenfalls dünne Handschuhe an und ging langsam auf die der Flügeltür gegenüberliegende Fensterfront zu. Links an der Wand stand ein breites Bett mit gedrechseltem Kopfteil, rechts ein großer Schreibtisch, daneben war eine schmale Tapetentür.

»Der Balkon ist von oben noch größer, als man von unten glaubt«, meinte Bob.

»Bleibt lieber von den Fenstern weg«, riet Justus. »Nicht dass uns jemand vom Garten aus sieht.«

Mit gemischten Gefühlen ging er auf den Schreibtisch zu. Halbrunde Säulen, die links und rechts die Platte hielten, waren jeweils in drei Laden eingeteilt. Justus schlüpfte in seine Handschuhe und zog die oberste Lade auf. Briefpapier, Kuverts, eine kleine Mappe mit Briefmarken und zwei Tintenfässer kamen zum Vorschein. In der nächsten Schublade befanden sich Spielkarten, ein kleines Steckschach und eine Schachtel Kopfschmerztabletten. In der dritten entdeckten sie eine dicke Mappe, die Peter vorsichtig herausnahm. Sie setzten sich vor dem Schreibtisch auf den Boden.

»Sieh mal einer an.« Justus hatte die Mappe aufgeschlagen und zeigte auf einen Stapel Zeitungsartikel. »Mr Oames senior sammelt Ausschnitte über den Lebenswandel seiner Kinder.«

»Komisches Hobby«, meinte Peter. »Sollte man vielleicht mitnehmen.« Er schob das Dossier unter seine Jacke.

Sie nahmen noch eine zweite Mappe an sich, in der

Oames Aufzeichnungen über einzelne Spiele gesammelt hatte. Und eine Kladde mit Telefonnummern. An der letzten der sechs Schubladen scheiterten die drei ???. Sie hatte kein Schloss, war aber trotzdem nicht zu öffnen.

Justus überlegte laut, ob es nicht lohnen würde, den Mechanismus zu suchen und zu knacken, aber Peter sah besorgt auf die Uhr. »Irgendwann werden die mit dem Frühstück fertig sein«, gab er zu bedenken. »Ich habe keine Lust, hier beim Aufbrechen eines Geheimfachs erwischt zu werden, von dem wir nicht wissen, ob was Geheimes drin ist.«

Sie standen auf und gingen zur Tapetentür, die sich ohne Probleme öffnen ließ. Statt wie erwartet in einen Schrank, blickten sie in eine große begehbare Garderobe. »Fehlt nur noch der Kammerdiener«, staunte Bob.

Oames hatte keine besonders abwechslungsreiche Garderobe: Mehrere graue Hosen hingen hier, einige karierte und zwei schwarze Sakkos, eines davon mit goldenen Knöpfen, ein dicker Mantel, eine Daunenjacke, aber reichlich Hemden, Krawatten und Gürtel.

»Nicht übel.« Peter deutete auf die Hutablage. Ein riesiger Stetson war ihm aufgefallen, der nicht so recht zur Ausstattung eines älteren Herrn aus Los Angeles passen wollte. Direkt hinter der Tapetentür stand ein schmales Regal. Justus musste zweimal hinsehen, bevor er glaubte, was er sah: Es war bis unter die Decke voll gestopft mit den verschiedensten Spielen. Manche gab es in mehreren Exemplaren, einige Kartons waren noch eingeschweißt. »Wie im Kinderparadies«, sagte Peter. Bob schrieb sich ein paar Titel auf.

Justus ging zurück in das Zimmer. Sein Blick fiel gerade auf zwei Nachtschränkchen, als er Stimmen hörte. Mit ein paar Schritten war er zurück in der Garderobe. »Weg hier! Es kommt jemand.«

Bob und Peter nickten. Ohne ein weiteres Wort zu verlieren schlossen sie die Tapetentür und folgten Justus zum Balkon. Dem wurde etwas mulmig beim Gedanken an das Rosenspalier, aber er riss sich zusammen. Durch das Haus zu fliehen wäre zu gefährlich gewesen. Leise öffneten sie die Tür zum Balkon, der sich zwar über die gesamte seeseitige Front zog, aber durch schmale Buschreihen unterteilt war. So konnten sie von den anderen Zimmern aus nicht gesehen werden.

»Hier lang.« Peter kletterte als Erster über die Brüstung und ließ sich an einer Holzsäule zu Boden gleiten. Justus und Bob kamen nach. Glücklicherweise hatte es in der Nacht getaut. Schnee, in dem sie ihre Spuren hinterlassen hätten, gab es hier nicht mehr.

Vorsichtig drückten sie sich an die Hauswand. Rechts von ihnen lagen die große Terrasse und das Schwimmbad. »Wir müssen hier lang«, flüsterte Bob und deutete nach links.

Plötzlich waren Schritte und Stimmen zu hören. Zu sehen war niemand.

»... sie irgendwie loswerden«, hörten die drei Jungen Henry gedämpft sagen.

Peter durchschaute die Situation als Erster und zeigte nach oben. Das Gespräch fand auf dem Balkon über ihnen statt. Inständig hofften sie, dass niemand auf die Idee käme, sich über die Brüstung zu lehnen.

»Wenn nur die Polizei nicht hier wäre«, sagte eine Männerstimme.

»Ist aber hier«, zischte eine Frau. Es war unverkennbar die Blondine.

»Vor der Lösegeldübergabe muss diese Jonas jedenfalls weg«, ließ sich Oames junior vernehmen. »Die schnüffelt mir zu viel herum.«

»Aber wie?«, meldete sich der Anwalt. »Sie einfach wegzuschicken, das würde die Polizei stutzig machen, oder?«

»Hast du einen anderen Vorschlag?«, fragte Henry.

»Greenwater ist ein Profi, dachte ich«, antwortete die Frau. »Du hast gesagt, der wird mit der Polizei auf jeden Fall fertig. Und wenn die weg ist, haben wir ...« Ausgerechnet jetzt unterbrach sie sich selbst. »Mir ist kalt, lasst uns reingehen. Es ist ja auch alles bespochen.« Über sich hörten die drei ??? Schritte und das Knarren der Tür.

Peter übernahm das Kommando. Geduckt liefen die beiden anderen hinter ihm her, in großem Bogen zum Ferienhaus. Durch die Küchentür schlüpften sie hinein und ließen sich schnaufend auf die Stühle fallen.

»War ja ganz schön knapp«, meinte Bob schließlich. Justus kam gleich wieder zur Sache. »Dafür, dass sie die Polizei im Haus haben, sind die ja ganz schön dreist. – Diese Jonas muss weg«, zitierte er den jungen Oames und hob theatralisch den Zeigefinger. »Das werden wir zu verhindern wissen.«

Peter holte die beiden Mappen und das Telefonbuch aus seiner Jacke und legte sie auf den Küchentisch. »Eigentlich«, begann er langsam, »müssten sich die doch Sorgen um ihren Vater machen. Das wäre das Normalste von der Welt, auch wenn sie kein gutes Verhältnis zu ihm haben.«

»Stattdessen«, nahm Justus den Faden auf, »schalten sie einen Menschen namens Greenwater ein um die Polizei loszuwerden. Und Tante Mathilda. Und natürlich uns.« Er sah die Freunde mit ernster Miene an. »Haltet mich nicht für verrückt«, sagte er langsam, »aber ist es vorstellbar, dass die ihren Vater gar nicht zurückhaben wollen?«

Justus' Theorien

Fast eine Stunde lang diskutierten sie über den Fall Oames und wälzten Justus' Theorien. Die Indizien, die dafür sprachen, dass die Kinder ihren Vater nicht zurückhaben, sondern den Entführern ausliefern wollten, waren genauso dürftig wie die Annahme, der Spieleerfinder selbst könnte hinter der ganzen Geschichte stecken.

Auch wenn sich Henry und Silvie ziemlich verdächtig benahmen, meinte Peter, hätten sie doch eigentlich keinen Grund für einen derart infamen Plan. Die Firma hatte ihnen der Vater bereits übergeben, sie waren erfolgreich und unumstritten die Nummer eins im Geschäft. Andererseits war, das mussten Peter und Bob zugeben, Justus die Spürnase der drei ???. Ohne ihn und seine Ideen hätten sie viele Fälle nie gelöst.

»Okay, die Lösegeldübergabe ist schief gegangen«, sagte Bob, während er eine der Madeleines, die ihnen Tante Mathilda zum Frühstück gemacht hatte, umständlich mit Orangenmarmelade bestrich. »Aber wir sind uns doch einig, dass der junge Oames ebenfalls davon überrascht war, dass es auf dem Parkplatz keinen Papierkorb gab.«

Der Erste Detektiv stimmte ihm zu. »Warum sind die so sauer, dass Polizei im Haus ist? Die haben doch etwas zu verbergen.« Er legte eine Madeleine auf die offene Hand und hielt sie den beiden Freunden entgegen. »Wisst ihr, was das ist?«

»Ein französisches Nationalgebäck«, trumpfte Peter auf.

»Es gibt einen Roman von einem französischen Schriftsteller«, sagte Justus bedächtig und besah sich dabei die Madeleine wie ein Forschungsobjekt von allen Seiten. »Marcel Proust. Der Roman heißt ›Auf der Suche nach der verlorenen Zeit‹.«

»Na schön. Und?«

»Proust beschreibt die feine Gesellschaft. Die Eigenheiten der Reichen sozusagen und ihre Schwächen. Er erinnert sich an seine Kindheit und trinkt wie Oames Lindenblütentee zu Madeleines. Ist doch komisch, oder?«

»Und woher weißt du das?«

»In dem Laden, in dem ich das Spiel gekauft habe, stand ein Lexikon. Weil wir doch alle nicht genau wussten, was es mit diesen Madeleines auf sich hat, hab ich nachgeguckt. Und dann hat mir der Buchhändler diese Geschichte erzählt.«

»Wahnsinnig interessant«, spottete Peter. »Ich schlage vor, wir rufen diesen Mr Proust an und fragen ihn, wo zum Teufel Oames steckt.«

Bob musste lachen, Justus brachte bloß eine Grimasse zustande. Dann klärte er Peter auf, dass Mr Proust schon lange nicht mehr am Leben sei.

»Deswegen bringen uns deine Bildungserlebnisse ja auch nicht weiter«, konterte Peter etwas mürrisch. Statt unausgegorene Theorien zu wälzen, dachte er schon seit geraumer Zeit, wäre es wesentlich verlockender, die Bretter anzuschnallen und den kleinen Skilift im Park auszuprobieren.

Justus zuckte die Schultern. »Trotzdem geht mir die Geschichte nicht aus dem Kopf.« Er machte eine bedeutungsvolle Pause. »Das Anwesen, die Spiele in der Garderobe, die ganze Geschichte ... vielleicht ist Oames auf der Suche nach seiner verlorenen Zeit.«

»Jetzt reicht's aber«, knurrte Peter gefährlich.

Justus warf ihm einen Blick zu und sah ein, dass er vielleicht gerade etwas übertrieben hatte mit seinen literarischen Anspielungen. »Bisher drehen wir uns ganz schön im Kreis«, sagte er versöhnlich und stand auf. »Deshalb rufe ich jetzt Cotta an und frage, ob's Dinge über Oames gibt, die nur die Polizei weiß. Und dann –«, er klopfte mit der Hand auf den kleinen Stoß aus den Mappen und dem Telefonbuch, »nehmen wir uns das hier vor.«

Cotta wusste nichts über die Familie Oames zu berichten und ein Mister Greenwater war im Polizeicomputer auch nicht zu finden. Während Justus telefonierte, hatten Peter und Bob an der Garage neben der Villa Ausschau nach dem Porsche gehalten. Der Chevrolet stand neben dem Oldtimer. Der Porsche war bereits wieder verschwunden. Immerhin hatte Cotta nach einigem Hin und Her mit der Nummer dienen können, auf die Silvies Luxuskarosse zugelassen war: SAM 865.

Die Wintersonne hatte die Aussichtsplattform des Turms erwärmt. Sie saßen auf dem Boden, schmökerten abwechselnd in den Aufzeichnungen und beobachteten die Villa durch Peters Feldstecher.

Die gesammelten Zeitungsausschnitte brachten wenig Neues. Oames junior legte tatsächlich großen Wert darauf, sich mit Hinz und Kunz zu treffen, offenbar immer darauf bedacht, in die Klatschspalten zu kommen. Auffällig war allerdings, dass sein Vater erst vor zehn Wochen damit begonnen hatte, die Artikel zu sammeln, dann aber mit ungewöhnlicher Akribie ans Werk gegangen war. Es gab praktisch keine Zeitung zwischen San Francisco und San Diego, deren einschlägige Berichte nicht fein säuberlich samt Datumsangabe archiviert waren.

Peter faszinierten vor allem die Aufzeichnungen über einzelne Spiele. Er konnte sich kaum satt sehen an den Skizzen und Entwürfen. Mit zügigen Linien waren Spielpläne entworfen, wieder verworfen oder verändert worden. Die Anmerkungen bestanden oft nur aus Buchstaben und waren praktisch nicht zu entziffern. »Ob es wohl auch in solchen Verlagen Industriespionage gibt?«, dachte Peter laut, während er in den Notizen blätterte.

»Na klar«, stellte Justus fest. »Ein erfolgreiches Spiel kann Millionen Dollar bringen.« Er deutete hinunter auf das Anwesen. »Der Beweis dafür liegt uns zu Füßen.«

Peter reagierte nicht, sondern fixierte die Aufzeichnungen.

»Gib mir doch mal die zweite Mappe«, bat er ohne aufzusehen.

Justus fingerte nach den Zeitungsausschnitten. »Was tut sich da unten?«, fragte er Bob, der das Anwesen per Feldstecher im Blick hatte.

»Nichts«, antwortete der lakonisch. »Jedenfalls nichts, was ich sehen könnte. Kein Oames, keine Gangster, kein Lösegeld. Nicht mal ein richtiges Motiv lässt sich blicken.« Dazu lachte er so schräg, dass die beiden anderen es vorzogen, gar nicht erst zu reagieren.

Peter beugte sich unterdessen noch tiefer über die beiden Mappen.

»Kombiniere«, zog Justus den Freund auf, »du hast einen neuen Berufswunsch. Nicht mehr Lokomotivführer, sondern Spieleerfinder.« Jetzt war er es, der ein meckerndes Kichern hören ließ.

»Ich freue mich für euch, dass ihr so wahnsinnig witzig seid«, sagte Peter abwesend und stand langsam auf. Aber dann schrie er: »Ich hab's!« Justus sperrte Mund und Nase auf und Bob wäre beinahe das Fernglas aus der Hand gefallen.

»Was hast du?«, fragte Justus streng.

»Wisst ihr was?« Er wedelte mit den Mappen in der Luft. »Diese Spielnotizen gehören überhaupt nicht Oames.« Er ließ sich wieder auf die Knie fallen. Mit zwei hastigen Handbewegungen schlug er die Mappen auf. Justus beugte sich darüber, während Bob wieder zur Villa hinuntersah und etwas ketzerisch murmelte, das sei ja eine ganz tolle Entdeckung.

Der Zweite Detektiv fuhr unbeirrt mit dem Finger an einer Buchstabenreihe neben einem Spielplan entlang. Danach zeigte er auf einen der Zeitungsausschnitte, auf dem das Datum handschriftlich eingetragen war.

»Tatsächlich«, brummte Justus. »Das sind zwei verschiedene Handschriften.« Er genierte sich, weil er, der Perfektionist, nicht selbst darauf geachtet hatte. Was man in einer einzigen Schublade findet, dachte Justus, muss eben nicht von einem einzigen Menschen stammen. »Erinnert mich an die Schrift von Miss Fulton«, sagte er. Miss Fulton war eine ihrer ersten Lehrerinnen gewesen. Justus musste schmunzeln bei der Erinnerung an die kleine untersetzte Frau mit der dicken Brille und dem dunklen Zopf bis zur Taille, von der sie nie ein böses Wort gehört hatten.

»Wisst ihr noch«, sagte Peter, »wie sie mich vor der ganzen Klasse gegen diesen blöden Direktor verteidigt hat?«

»Einmal haben wir sie ja sogar in den Ferien besucht«, schaltete sich Bob ein. »Lasst mich auch mal sehen.« Er reichte den Feldstecher an Peter weiter und beugte sich über die Notizen.

»Dieses A hier ist oben rund.« Justus war ganz in seinem Element und demonstrierte die Entdeckung, die Peter gemacht hatte. »Und dieses«, er deutete auf die Zeitungsausschnitte, »ganz spitz und eckig.«

»Eindeutig. Es gibt auch noch andere Unterschiede.« Bob wies auf ein J mit Unterlänge.

»Ein rotes Auto kommt«, unterbrach Peter den beschaulichen Schriftvergleich.

»Der Porsche?« Bob schraubte sich hoch.

Jetzt konnten die drei ??? den Kleinwagen genauer sehen. Er hielt und eine Frau stieg aus.

»Das ist die Gibson-Taylor«, rief Peter, »die darf uns nicht entkommen!« Er drückte Justus das Fernglas in die Hand, sprang die Wendeltreppe des Aussichtsturms hinunter und lief los. »Ich mache einen Treffpunkt aus!«, schrie er über die Schulter zurück. »Wenn ich sie noch erwische!«

Bob klappte eilig die Mappen zusammen und steckte sie ein. Justus beobachtete die Frau, die wenige Schritte vor der Eingangstür zur Villa Halt machte, sich umdrehte und zum Ferienhaus hinüberging. »Sieh mal an!«, rief er und sprang auf. »Wir bekommen Besuch! Leider sind wir nicht da.«

Die beiden rannten den schmalen Waldweg hinunter. Einmal blieb Justus an einer Wurzel hängen und konnte sich im letzten Moment noch auffangen. Aber auch so wurde er von Bob mühelos abgehängt. Ob ich doch mehr Sport treiben sollte?, dachte er keuchend, verscheuchte den lästigen Einfall aber sogleich wieder. Die letzten hundert Meter schleppte sich Justus gerade noch im Schritttempo. Ausgepumpt kam er am Gartentörchen hinter dem Ferienhaus an. Bob schoss ihm schon wieder entgegen.

»Und?«

»Weg!«, rief Bob. »Einfach weg!« Er ließ seinen Oberkörper nach vorne fallen und stützte die Hände auf die Knie.

»Wer?«

»Beide. Wie vom Erdboden verschluckt.«

»Aber das gibt's doch nicht«, sagte Justus empört. »Peter!«, rief er halblaut in der Hoffnung, dass ihn die Bewohner der Villa nicht hörten. »Peter, wo bist du?«

Keine Antwort.

»Lass uns reingehen«, schlug Justus vor. Er hatte keine Lust, sich über das Gartentörchen zu schwingen, dessen Schlüssel einfach unauffindbar war, und umrundete deshalb das Ferienhaus.

Fast hätte er den weißen Zettel übersehen, der zusammengerollt zwischen Eingangstür und Türstock steckte. Verblüfft blieb er stehen, fingerte nach dem Papier und rollte es auseinander. Die Nachricht war von Mandy Gibson-Taylor. Sie wollte sich in einer Stunde auf der Ponderosa mit ihnen treffen. So stand es jedenfalls in einer ausgeprägten, großen Handschrift zu lesen.

Die Ranch am gegenüberliegenden Ufer des Lake Tahoe war in den Sechzigerjahren Drehort der weltweit bekannten Westernserie ›Bonanza‹ gewesen und noch immer Anziehungspunkt für ungezählte Touristen aus aller Herren Länder. Bob meinte, es sei kein Problem, in einer Stunde dort zu sein.

»Müsste bloß noch Peter wieder auftauchen«, sagte Justus. Sie beschlossen sich auf dem Gelände umzusehen, verließen gemeinsam das Haus und trennten sich auf dem Vorplatz. Bob suchte bei der Garage, Justus drang durch die Gartentür sogar in die Villa ein. Aber auch Tante Mathilda konnte ihnen nicht weiterhelfen. Sie hatte Peter seit dem Morgen nicht gesehen.

»Und jetzt?«, fragte der Erste Detektiv, als sie sich nach zehn Minuten bei dem Honda wieder trafen.

»Müssen wir los, wenn wir die Gibson-Taylor treffen wollen«, antwortete Bob.

»Ohne Peter?«

»Hast du einen anderen Vorschlag?«

Justus kratzte sich am Kopf. »Eigentlich nicht«, sagte er ärgerlich und ließ einen Fluch los. »Das kommt heraus bei diesen blöden Alleingängen.« Er war nicht nur wütend, er hatte auch wenig Lust, ohne Peter aufzubrechen.

Bob sah wieder auf die Uhr. »Wir müssen los«, wiederholte er und stieg ein ohne eine Antwort abzuwarten.

Noch immer unentschlossen ging Justus um das Auto herum. »So ein Mist«, hörte er seinen Freund schimpfen, »auch das noch!«

»Was ist?« Zögernd setzte sich Justus auf den Beifahrersitz. »Den Autoschlüssel hat Peter.«

»Dann müssen wir hier bleiben. Gibson-Taylor hin oder her«, meinte der Erste Detektiv und konnte seine Erleichterung kaum verbergen.

»Müssen wir nicht.« Bob machte ihm einen Strich durch die Rechnung und beugte sich unter das Lenkrad. »Ist doch ein Notfall, oder?«

Mit einem einzigen Handgriff löste er die Verkleidung unter dem Lenkrad. Dann fingerte er nach zwei Drähten. Der Wagen sprang unverzüglich an.

»Schön, dass du nichts verlernt hast«, lobte Justus den Freund etwas widerwillig, während Bob den Rückwärtsgang einlegte und losfuhr ohne sich auf weitere Diskussionen einzulassen.

Rendezvous auf der Ponderosa

Im Gegensatz zur angeschlossenen Spielhölle, die das ganze Jahr über Gäste anlockte, war die Ponderosa selbst im Winter nur nach Voranmeldung geöffnet. Einige Busse standen auf dem großen Parkplatz, ebenso der rote Fiat mit dem Kennzeichen PWW 994.

»Sie ist hier«, sagte Bob zufrieden. Fast die ganze Fahrt hatten die beiden geschwiegen. Beim Gedanken an Peter war ihnen ziemlich unwohl. Justus wollte das Gespräch so schnell wie möglich hinter sich bringen und zur Villa zurückkehren. Dennoch nahm er sich die Zeit, einmal um den roten Kleinwagen herumzugehen. »Anderes Reifenprofil«, meinte er mit Kennermiene. Bob verstand nicht sofort. »Der Reifenabdruck, den die Polizei gefunden hat, passt nicht zu dem Wagen.«

»Du glaubst doch jetzt nicht auch noch, dass die Gibson-Taylor selber...« Bob beendete den Satz nicht.

»Ich glaube...« Auch Justus brach ab. Gar nichts, hatte er eigentlich sagen wollen. Aber das stimmte in diesem vertrackten Fall nun wirklich nicht.

Die Filmkulissen auf der Ranch machten einen etwas heruntergekommenen Eindruck. Stallungen und Haupthaus waren aber sofort wieder zu erkennen.

»Gleich kommt Hoss Cartwright um die Ecke«, flachste Bob. Justus verkniff sich den Hinweis, dass der Schauspieler längst tot war. Er steuerte auf den Platz zwischen den Wirtschaftsgebäuden zu. »Es ist zwei Uhr und wir sind da«, sagte er ungeduldig. Sie sahen sich um. Eine Touristengruppe kam aus dem Haupthaus. Auch zwei Schulklassen waren auf dem Gelände. Von Mandy Gibson-Taylor keine Spur.

Eine junge Frau in Jeans und Westernstiefeln kam auf sie zu. Erst auf den zweiten Blick erkannten sie Sammy Brown, die Mechanikerin aus Baldwin Beach.

»Hallo ihr«, sagte sie mit strahlendem Lächeln. »Wie läuft der Wagen?« Ohne eine Antwort abzuwarten fuhr sie fort: »Wenn ihr die Ranch besichtigen wollt, dann kommt mit. Ich jobbe hier als Guide, damit ich auch mal aus dem Flughafen rauskomme.«

»Flughafen?«, fragte Justus ohne besonderes Interesse.

»Ich helfe bei Dad nur aus, eigentlich arbeite ich auf dem kleinen Flughafen bei Upper Truckee.«

»Wir treffen uns mit Freunden«, unterbrach sie Bob nicht gerade charmant.

»Die nächste Führung ist in einer halben Stunde. Die Teilnahme kostet drei Dollar«, sagte Sammy ohne sich von Bobs Reaktion aus dem Konzept bringen zu lassen. »Unter Freunden.« Sie zwinkerte ihnen zu. »Treffpunkt ist da drüben.« Sie deutete zu den Stallungen und ging in Richtung einer gerade eintreffenden Besuchergruppe davon. Sie hörten noch, wie sie die Touristen in tadellosem Italienisch begrüßte.

Die junge Frau hatte die zwei abgelenkt. Sie sahen sich abermals um und entdeckten erst jetzt eine Gestalt in der Türe des Haupthauses, die sie mit weit ausholenden Handbewegungen heranwinkte.

»Peter!«, rief Justus entgeistert.

Bob war sprachlos. Dann musste er heimlich grinsen, weil ihm blitzschnell die Vorstellung gekommen war, wie Peter in einen geräuschlosen Hubschrauber stieg und einfach abhob.

»Kommt«, zischte der Zweite Detektiv.

»Wie kommst du denn hierher?«, rief Justus.

»Mit mir.« Hinter der Tür war eine dunkle Stimme zu vernehmen.

Sie traten in das Haus, in dem nichts an das große Zimmer mit Kamin erinnerte, das so viele Male über die Fernsehschirme in aller Welt geflimmert war.

Mandy Gibson-Taylor streckte ihnen die Hand entgegen. »Ist euch jemand gefolgt?«, fragte sie.

Bob schüttelte den Kopf. »Ich verstehe gar nichts mehr.«

»Peter wird euch das später erklären«, unterbrach sie ihn. »Wir haben nicht viel Zeit. Du bist Justus«, sagte sie bestimmt. Der Erste Detektiv nickte. »Und du bist Bob«, fuhr sie fort. »Ich brauche eure Hilfe.«

Sie ging in den hinteren Teil des Raumes. Die drei ??? folgten ihr. Dann begann Mandy Gibson-Taylor ohne Umschweife zu erzählen. Seit fünf Jahren war sie mit Michael Julius Oames befreundet. Gegen den Widerstand seiner Kinder, die sie zuerst als Konkurrentin im Unternehmen gefürchtet hatten und später in ihr eine Miterbin sahen, die bekämpft werden musste. »Ich liebe Oames«, sagte sie schlicht, »und er liebt mich.«

Staunend hörten ihr die Jungs weiter zu. Vor einer Woche hatte ihr Oames eine wichtige Mitteilung angekündigt und angedeutet, dass es sich um eine ziemlich unangenehme Sache handle. »Er war bedrückt«, erzählte Mandy, »ich habe aber nicht mehr aus ihm herausbekommen.«

»Wie haben Sie von der Entführung erfahren?« Justus hatte die Arme bis zu den Ellenbogen in seinen Hosentaschen vergraben und hörte ihr aufmerksam zu.

»Emily hat mich informiert. Ich bin dann sofort in die Villa, aber Henry hat mich rausgeworfen.« Die Jungs nickten. »Peter hat mir berichtet, dass ihr ein Detektivbüro habt«, fuhr sie fort und zog eine Visitenkarte der drei ??? aus ihrer Brusttasche.

Die drei Detektive
? ? ?
Wir übernehmen jeden Fall
Erster Detektiv Justus Jonas
Zweiter Detektiv Peter Shaw
Recherchen und Archiv Bob Andrews

las sie vor. Dann sah sie auf. »Ihr habt mich in Truckee gesucht, habe ich Recht?«

Justus bejahte. »Wieso wissen sie überhaupt von uns?«

Mandy Gibson-Taylor hatte sich bei Sergeant Hawthrone über den Stand der Ermittlungen informiert. Er hatte die drei ??? erwähnt. »Ich will, dass ihr jemanden für mich findet.«

»Oames«, unterbrach Peter ziemlich vorlaut.

Sie schüttelte den Kopf. »Nein. Deborah Street.«

Die drei Jungs sahen sich fragend an.

»Sie ist eine Bekannte von Oames und mir, eine junge Spieleerfinderin«, erklärte Mandy. »Seit er weg ist, ist sie auch verschwunden.« Sie sah die Jungs traurig an. »Ich mache mir große Sorgen. Um beide.«

Bob hatte einen Notizblock aus der Tasche gezogen und ließ sich von Mandy die Adresse der Frau in Virginia City geben. Ebenso eine Personenbeschreibung: Sie war etwa 1,70 groß, trug kurze rote Locken und hatte blaue Augen.

»Ich weiß«, nahm Mandy den Faden wieder auf, »dass sich Michael vor einigen Tagen mit ihr in San Francisco treffen wollte. Aber sie ist nicht erschienen.«

Einige Touristen betraten das Haus.

»Lasst uns verschwinden«, kommandierte Mandy. Mit raschen Schritten ging sie über den Vorplatz, die drei ??? im Gefolge.

»Hat Deborah einen Kleinwagen?« Justus wollte ihre Auftraggeberin mit dieser Frage überraschen und sah sie von der Seite scharf an.

Mandy runzelte die Stirn. »Die Spur im Schnee«, sagte sie ernst.

»Glauben Sie, dass Deborah Street die Entführerin ist?«, setzte der Erste Detektiv nach. Mandy verzog keine Miene. »Ja«, sagte sie schlicht und stieg in ihren Wagen.

»Wo können wir Sie erreichen?« Peter hielt die Tür des Fiat fest.

»Ich melde mich.« Justus glaubte plötzlich in ihrem Gesicht Angst zu erkennen. »Ich glaube, ich bin vorhin verfolgt worden. Ich habe den Wagen abgeschüttelt. Es ist besser, wenn ihr da nicht mit hineingezogen werdet.« Sie zog Peter die Tür aus der Hand, ließ den Motor an und fuhr grußlos davon.

»Die ist gut«, meinte Bob verdutzt. »Was heißt denn hier nicht mit hineingezogen. Erstens sind wir sowieso schon mittendrin und zweitens will sie dann auch noch von uns, dass wir diese Deborah finden.« Er schüttelte heftig den Kopf und sah dem Wagen nach.

Justus pflanzte sich vor Peter auf. »Und jetzt zu dir. Darf man fragen, wie du hergekommen bist?«

Bob fiel seine Idee von vorhin wieder ein. »Es gibt da neuerdings geräuschlose Hubschrauber auf dem Markt«, feixte er.

Sie gingen langsam zu ihrem Honda, während Peter berichtete, dass er Mandy Gibson-Taylor nicht hatte entdecken können, nachdem er den Berg hinuntergelaufen war. Er hatte auf dem Vorplatz gestanden, sich umgesehen und bemerkt, dass sich die Tür der Villa langsam öffnete. Bei der Suche nach einem Versteck war sein Blick auf den Fiat gefallen. »Es war so eine Blitzidee. Ich bin einfach eingestiegen und habe mich hinten auf den Boden gelegt. Und schon war sie da.«

»Und dann?«

»Keinen Mucker habe ich von mir gegeben. Ich wollte wissen, was sie tut. Außerdem brauchen die im Haus ja nicht zu wissen, dass wir Mandy kennen.« Peter stockte, dann musste er lachen. »Und als wir dann unterwegs waren, habe ich mich nicht mehr getraut sie zu erschrecken.«

»Sehr einfühlsam«, kommentierte Justus. »In voller

Fahrt plötzlich von hinten angesprochen zu werden – das kann ein Schock fürs Leben sein.«

»Und im Graben enden«, fügte Bob hinzu, erleichtert darüber, dass die drei ??? wieder komplett waren.

»Erst hier auf dem Parkplatz hat sie mich entdeckt«, fuhr Peter fort. »Ganz schön zusammengefahren ist sie. Dann habe ich ihr von uns erzählt. Und sie hat mir berichtet, dass sie just nach uns sucht.«

»Was hast du von ihr erfahren?«

»Nichts eigentlich. Sie war nicht sehr gesprächig. Ich glaube, sie hat ziemliche Angst.« Er startete den Wagen und sah auf den Zündschlüssel. Dann stutzte er. »Und wie seid ihr hergekommen?«

Stumm deutete der Erste Detektiv auf die herunterhängenden Drähte. »Du weißt doch, für Notfälle haben wir einen routinierten Autoknacker im Team.«

In der Geisterstadt

Sie beschlossen sofort nach Deborah Street zu suchen. Peters eher halbherzigen Vorschlag, ihn ein Stück in Richtung Süden an der Hauptstraße abzusetzen, damit er zur Villa zurücktrampen und die Vorgänge dort im Auge behalten konnte, lehnten die beiden anderen rundweg ab. »Ein Alleingang pro Tag reicht«, beschied Justus, »auch wenn er erfolgreich war.«

Über schmale Straßen, vorbei am verschneiten Lake Washoe, auf dem sich einige Schlittschuhläufer tummelten, fuhren sie nach Virginia City. Im 19. Jahrhundert hatte die Stadt als Inbegriff des Reichtums gegolten. Damals wurden hier große Mengen Gold und Silber gefunden. Auf den Boom folgte allerdings der Niedergang, nachdem der Weltmarkt mit Silber aus Nevada überschwemmt wurde und die Preise drastisch sanken. Virginia City wurde eine Geisterstadt. Dann kamen die Tourismusexperten und erweckten die tote Metropole wieder zum Leben. Die ehemaligen Saloons, Hotels und Wohnhäuser, das Büro des Sheriffs und der Drugstore wurden zum beliebten Ausflugsziel. Mittlerweile hatte die Stadt wieder fast 2000 Einwohner.

Eine von ihnen war Deborah Street. Die drei ??? lasen ihren Namen auf dem Türschild eines Holzhauses gegenüber der Miners Union Hall.

Auf Peters Klingeln hin rührte sich allerdings nichts. »Wäre auch zu simpel gewesen«, meinte er.

Im Erdgeschoss des Hauses befand sich ein Souvenirladen, der aber in den Wintermonaten geschlossen war. Andere Bewohner gab es offenbar nicht. Auch auf der Straße war niemand zu sehen. Die Nachmittagssonne wurde schon blass. Da ein kalter Wind blies, war es ziemlich ungemütlich.

»Hört mal! Klingt wie im Film.« Peter blieb stehen und hob den Zeigefinger. Irgendwo klapperte ein Fensterladen.

»Fragen wir bei den Nachbarn«, schlug Bob vor. Links und rechts standen mehrere Häuser mit Säulenvorbauten, Holzböden und den berühmten Schwingtüren. Läden und Cafés waren darin untergebracht. Sie hatten zur Zeit aber nicht geöffnet.

Sie schlenderten die Hauptstraße hinunter. »Wäre was für Mr Madigan«, meinte Justus zu Peter. Der Vater seiner Freundin Kelly war ein ausgesprochener Westernliebhaber. In einer kleinen, gemütlichen Bar hatten sie Glück. Justus rieb sich die kalten Hände über dem künstlichen Kamin. Dann bestellten sie Chili con carne und fragten die nette Bedienung aufs Geratewohl nach einer jungen Frau mit roten Haaren und blauen Augen.

»Deborah«, sagte das Mädchen. »Natürlich kenne ich die.« Sie stutzte kurz, sah die Jungen prüfend an und entschied sich weiterzuplaudern. »Aber sie ist nicht da. Sie ist für einige Tage weggefahren.«

»Wohin?«

»Nach Frisco.«

»Weißt du was Genaueres?«, fragte Peter das Mädchen. Die Antwort war ein Schulterzucken.

»Und was ist Deborah von Beruf?« Der Zweite Detektiv gab nicht so leicht auf.

»Erfindet Spiele«, antwortete das Mädchen. »Verrückt, nicht? Genauso wie ihr Hobby.« Die Jungs sahen sie fragend an.

»Akrobatik. Übt sich als Schlangenfrau.« Dann wechselte sie ohne Pause das Thema. »Ihr seid doch fremd bei uns. Wisst ihr eigentlich, dass das hier früher die wichtigste Stadt in ganz Amerika war?«

»Die reichste«, verbesserte Justus, »nicht die wichtigste.«

Aber das Mädchen ließ sich nicht aus dem Konzept bringen. »Hier gab's alles, sogar ein Opernhaus«, schwärmte sie weiter.

»... und Mark Twain war Journalist bei der hiesigen Zeitung«, ergänzte der Erste Detektiv lakonisch.

»Hat Deborah Street Freunde in der Stadt?« Bob war jetzt nicht nach weiteren Ausflügen in die Vergangenheit zumute. Das Mädchen sah ihre Gäste etwas vorwurfsvoll an. Offenbar fand sie, dass sie sich zu wenig für die Geschichte der Silberstadt interessierten. »In der Miners Union Hall gibt es einen Archivar«, antwortete sie. »Mister Bulette. Fragt nach ihm. Ist ein guter Bekannter von Deborah.«

Die Jungen bedankten sich. Dann kam das dampfende Chili auf den Tisch und roch köstlich. Aber die drei ??? waren zu sehr mit Oames, Deborah und deren Verschwinden beschäftigt um die Künste der Küche richtig wahrzunehmen. Im Handumdrehen putzten sie ihre Teller leer.

Sie zahlten und gingen quer über die Straße hinauf zur Miners Union Hall. Die großen Eingangstore waren verschlossen. Ein Pappschild wies in die nächste Seitengasse. Kaum hatten sie geläutet, öffnete ein etwa 50-jähriger Mann mit grauen Bürstenhaaren. Als ob er hinter der Tür auf uns gewartet hätte, schoss es Justus durch den Kopf. War er von dem Mädchen informiert worden? Oder gewarnt?

»Guten Tag.« Er besaß eine dunkle, wohltönende Stimme. »Ihr interessiert euch für die Geschichte von Virginia City?«

Peter hatte keine Lust, dem Mann etwas vorzuspielen. »Eigentlich nicht«, antwortete er und stellte sich und die beiden anderen vor. Mister Bulette winkte sie in den großen Vorraum. »Also, was wollt ihr?«, fragte er freundlich.

»Wir suchen Deborah Street«, sagte Justus.

Der Mann konnte sein Erschrecken nicht verbergen. Er sah die drei ??? forschend an.

»Wissen Sie, wo sie steckt?«

»Leider nicht«, sagte der Mann und machte eine einladende Handbewegung. »Kommt mit, wir haben da drüben eine kleine Küche. Ich koche uns Tee.«

Mister Bulette hatte Deborah vor vier Tagen zum letzten Mal gesehen. Auch ihm war bekannt, dass sie nach San Francisco fahren wollte.

»Wissen Sie, was sie dort vorhatte?«, fragte Peter, nachdem sie sich an einem runden Tisch niedergelassen hatten.

»Geschäfte.«

»Wahrscheinlich wollte sie ein neues Spiel verkaufen«, bohrte Justus weiter und traf ins Schwarze.

Bulette sah ihn forschend an. Wir sind ihm ein bisschen unheimlich, dachte Bob. »Wer seid ihr eigentlich?«

Jetzt war es an ihnen, Auskunft zu geben. Sie erzählten von ihrem Ausflug zum Lake Tahoe, von Oames und Mandy Gibson-Taylor. Bulette hatte sein Vorhaben, Tee zu brühen, aufgegeben und stand mit hängenden Armen neben dem Küchenschrank.

»Sie wollte Oames treffen, stimmt's?« Justus versuchte es noch einmal auf gut Glück und hatte abermals Recht.

Der Mann nickte zögernd. »Diese Mrs Gibson-Taylor ist die Freundin von Oames«, wiederholte er langsam. »Und für sie sollt ihr Deborah suchen, nicht wahr?« Er besann sich auf den Tee, holte vier Tassen aus dem Schrank und setzte Wasser auf. Dann nahm er ebenfalls an dem kleinen Tisch Platz. »Seit wann ist Oames verschwunden?«

»Seit vorgestern«, antwortete Bob. »Mrs Gibson-Taylor meint, dass das Verschwinden der beiden irgendwie zusammenhängen könnte.«

»Aber Oames ist doch aus San Francisco an den See gekommen«, warf Bulette ein.

Der Teekessel pfiff.

»Sie müssen auch nicht gemeinsam verschwunden sein«, sagte Justus langsam. »Könnte Deborah Oames entführt haben?«

Der Mann wurde blass und ließ sich auf den Stuhl fallen. »Sie hat ihn gehasst«, sagte er leise und verbesserte sich sofort. »Ich meine, sie hasst ihn.«

»Haben Sie einen Brief oder eine Karte von ihr?«, wollte Bob wissen. Drei Augenpaare richteten sich überrascht auf ihn. »Ja oder nein?«, beharrte er.

»Vielleicht im Büro.« Unentschlossen stand Mr Bulette auf.

»Könnten Sie nachsehen?« Bob blieb hartnäckig und mit hängenden Schultern verließ der Mann die Küche.

»Was soll das?«, zischte Peter verärgert. »Hast du nicht gesehen, wie erschrocken der ist? Den hätten wir wunderbar ausfragen können. Jetzt beruhigt er sich wieder und hat Zeit zu überlegen.«

»Es ist doch praktisch, wenn man weiß, wonach man fragen soll«, antwortete Bob spitz.

Deborahs Freund kehrte mit einer Ansichtskarte vom Lake Tahoe zurück und streckte sie Bob entgegen. Der nahm sie hastig, beugte sich darüber und sah triumphierend auf. »Also doch. Dieselbe Schrift.«

Er reichte die Ansichtskarte weiter. Justus und Peter starrten darauf. »Poststempel Zephyr Cove«, murmelte Justus. Dann sah auch er die typischen runden Buchstaben. Die Spielnotizen aus Oames' Schreibtisch und die »besten Grüße aus Zephyr Cove« hatten dieselbe Verfasserin. Der Erste Detektiv schaute auf und blickte Bulette direkt ins Gesicht. »Warum soll sie ihn gehasst haben?«

»Ganz einfach«, antwortete Bulette und rührte in seiner Tasse. »Zweimal hat er eine Spielidee von ihr gestohlen und viel Geld damit gemacht.«

»Wann war das?«

»Im Vorjahr. Die Spiele kamen zu Weihnachten heraus und waren ein großer Renner.«

»Aber da hatte Oames die Firma doch längst...«, begann Peter.

»Jetzt sollten Sie uns noch etwas über die Miners Hall erzählen«, unterbrach ihn Justus geistesgegenwärtig.

»Wenn ihr wollt?« Der Archivar entspannte sich etwas. »Das ist ein historischer Ort der amerikanischen Arbeiterbewegung«, begann er. »In den 60er Jahren des 19. Jahrhunderts, nach vielen großen und kleinen Unglücksfällen, hatten sich die Bergarbeiter zusammengetan um einen Mindestlohn für die Untertagearbeit durchzusetzen. Der lag bei vier Dollar pro Tag für die schwere Arbeit in den 40, 50 Grad heißen Gruben. Reich wurde von denen niemand.«

Anschaulich erzählte Bulette von eingebrochenen Gängen, vom Grubensumpf und dem immensen Reichtum, der zutage gefördert wurde. Die Entdecker hatten fast genauso wenig davon wie die Arbeiter. Sie hatten nach Gold gesucht und waren an den riesigen Silbervorkommen kaum interessiert.

»Schade, dass wir nicht mehr Zeit haben«, bedankte sich Peter und stand auf.

»Wenn wir Deborah gefunden haben, kommen wir wieder«, versprach Justus.

Sie verabschiedeten sich von Bulette, der sie zur Tür brachte. »Eine Frage noch«, meinte Bob im Hinausgehen. »Wissen Sie zufällig, was Deborah in Zephyr Cove gemacht hat?«

»Sommerurlaub«, antwortete der Mann ohne zu überlegen. »Ihre Eltern haben dort in einer Siedlung direkt am See ein kleines Haus.«

Der rote Porsche

Peter stoppte an einer Tankstelle hinter Carson City. Während er sich mit Bob um den Wagen kümmerte, ging Justus zum Telefon. Es war mittlerweile vier Uhr nachmittags, vielleicht war Tante Mathilda gerade im Ferienhaus. Er wählte die Nummer, allerdings ohne Erfolg. In der Villa wollte er nicht anrufen. Er verließ die Zelle, murmelte plötzlich: »Capistrano«, und machte auf dem Absatz kehrt.

Die Nummer der Polizei von South Lake Tahoe hatte Justus nicht bei sich. Und in den Telefonzellen von Nevada waren die Telefonbücher des Nachbarstaats Kalifornien offenbar Mangelware. Also ließ er sich das Gespräch mit dem Inspektor handvermitteln. Er sah zu Peter und Bob hinüber, die schon ungeduldig winkten, und machte eine abwehrende Handbewegung.

»Polizeistation South Lake Tahoe«, hörte er plötzlich eine weibliche Stimme im Hörer.

»Inspektor Capistrano, bitte.«

Justus wurde abermals verbunden um zu erfahren, dass der Polizist gerade das Haus verlassen hatte.

»Wir arbeiten am Entführungsfall Oames«, sagte der Erste Detektiv frech, »und müssen ihn dringend erreichen.« Der Überrumpelungsversuch schlug fehl. Er erfuhr weder, wohin Capistrano unterwegs war, noch wie er erreicht werden konnte. Enttäuscht legte Justus auf.

»Wieso wusste Deborah nicht, dass Oames die Firma

an seine Kinder übergeben hatte?«, fragte Bob, während sie durch Carson City dem Highway Richtung Südwesten zusteuerten.

»Gute Frage«, antwortete Peter. »Und eine mindestens ebenso gute heißt: Wie kamen ihre Notizen in die Hände des Spieleverlegers?«

»Deborah ist etwa 1,70 groß«, schaltete sich Justus ein. »Oames ist mehr als zehn Zentimeter größer und sportlich. Und erinnert euch an die Trimmgeräte und das Mountainbike in Oames' Garage. Wie man da überhaupt auf die Idee kommen kann, sie könnte ihn entführt haben, ist mir ein Rätsel.«

»Aber wir kennen jetzt schon zwei Menschen, die das nicht für ausgeschlossen halten«, wandte Bob ein.

Im Handschuhfach fand Justus die Straßenkarte und faltete sie auf seinen Knien auseinander. »Wisst ihr was?«, fragte er dann. »Diese Feriensiedlung ist genau gegenüber vom Rubicon Point.«

»Lass mal sehen.« Bob öffnete seinen Sicherheitsgurt und beugte sich von hinten über den Beifahrersitz. »Mit einem Boot ist das ein Katzensprung«, sagte er nachdenklich. Dann tippte er Justus auf die Schulter. »Du weißt doch alles. Neuerdings sogar über die Arbeiterbewegung in Virginia City«, konnte er sich einen Seitenhieb nicht verkneifen.

»Nur weil Peter verraten hätte, was Bulette doch nicht unbedingt wissen muss, oder?«, konterte Justus blitzschnell.

»Ist ja schon gut«, beruhigte Bob den Freund. »Sag uns lieber, wer oder was Rubicon ist.«

»Das war so ein römischer Berg«, mischte Peter sich ein.

Justus kicherte. »Rom halb richtig. Berg ganz falsch. Man merkt, Geschichte ist einfach nicht dein Steckenpferd.«

»Also wie jetzt?«, drängte Bob auf eine Antwort.

»Der Rubicon ist ein kleiner Fluss in Norditalien, den Caesar mit seinem Heer überschritt. Womit er einen Bürgerkrieg auslöste.«

Peter wollte zeigen, dass er keineswegs immer im Geschichtsunterricht gefehlt oder geschlafen hatte. »Und Caesar war ein Herrscher bei den alten Römern. Übrigens mit einer ägyptischen Freundin.«

»Danke, danke«, winkte Bob ab, »zu gütig. So weit bin ich selber in die Details der Antike eingedrungen.«

»Die nächste Ausfahrt müssen wir nehmen«, warf Justus ein. Wortlos folgte Peter seinen Kommandos, bis sie über eine Stichstraße direkt am See ankamen.

Zephyr Cove war kein richtiger Ort, sondern eine Bucht mit Ferienhäusern. Peter parkte den Wagen neben einem geschlossenen Lebensmittelkiosk.

»Wenn die Karte stimmt, gibt es gleich da drüben einen winterfesten Campingplatz.« Justus deutete nach rechts. »Dort müssten wir doch jemanden finden, den wir fragen können.«

Sie stapften durch den Schnee, der hier noch ziemlich hoch lag. Am Ende einer kleinen Allee war tatsächlich die Einfahrt zum Campingplatz. Sie gingen an der geschlossenen Schranke vorbei. Mehrere Hinweispfeile dirigierten sie zum Office. Es war in einem Campingwagen untergebracht und erinnerte Justus stark an ihr eigenes Detektivbüro in Rocky Beach. Justus dachte daran, dass dies hier eine ganz andere Welt war als ihre gewohnte Umgebung in der kalifornischen Kleinstadt. Er klopfte an.

»Herein«, war die Stimme eines Mannes zu hören. Sie traten ein, grüßten und fragten nach den Feriensiedlungen in Zephyr Cove.

»Keine Chance«, antwortete der Verwalter einsilbig und beugte sich wieder über seinen Schreibtisch. »Geschlossen.«

»Können Sie uns trotzdem verraten, wo wir sie finden?«

»Gibt nur eine einzige Siedlung. Wegen Naturschutz. Wegen Wasserqualität. Schluss mit Bauen.« Der Mann schien etwas geistesabwesend. Jetzt sah er auf und schnappte nach einer nicht vorhandenen Fliege. »Raus, bis zur Straße, dann rechts und einmal links.« Er rückte seine Brille zurecht und musterte die drei von oben bis unten. Dann schienen sie die Prüfung bestanden zu haben. »Könnt aber auch hier Ferien machen.«

»Danke«, wehrte Peter ab und verfiel in denselben knappen Redestil wie sein Gegenüber. »Sind auf Durchreise.«

»Und wieder einmal sehen wir, wie positiv sich erfolgreicher Naturschutz auf die Arbeit jedes Einzelnen auswirkt«, dozierte Justus zufrieden, als sie den Wohnwagen wieder verlassen hatten. »Es hätten ja auch zehn Siedlungen sein können und wir hätten uns die Hacken nach der richtigen ablaufen müssen.«

Sie folgten dem angegebenen Weg. Auf dem See kräuselten sich kleine weiße Schaumkronen. Kein Boot war zu sehen. Auch der Strand war leer. Das Ganze wirkte so ausgestorben wie Virginia City nach dem Niedergang.

Die Feriensiedlung lag gleich am Ufer. Ein niedriger Holzzaun säumte die gut drei Dutzend Häuschen, die in Reih und Glied auf einem kleinen Hügel standen. Von außen war nicht herauszufinden, welches Haus wem gehörte. Es gab keine Namensschilder und keine Briefkästen.

»Wir klettern drüber«, meinte Justus unternehmungslustig und warf einen verstohlenen Blick über die Schulter. »Sollte hier jemand aus dem Nichts auftauchen, sagen wir einfach, Miss Street schickt uns.«

»Kennen wir die Dame schon länger?«, frotzelte Bob hinter Justus her, der das kleine Hindernis nicht sehr geschickt überstieg. Zwischen den Häuschen lag Schnee. Wir hinterlassen unweigerlich Spuren, dachte Peter, aber das ist jetzt auch egal.

Hinter dem Zaun ging es rasch den Hügel hinauf. Von hier aus hatten die drei einen guten Überblick. Peter zog sein Fernglas aus der Tasche und richtete es auf das gegenüberliegende Ufer. »Man kann den Parkplatz erkennen«, sagte er.

»Und Oames' Villa?«, wollte Bob wissen.

Peter drehte sich etwas Richtung Süden, dabei streifte sein Blick auch das diesseitige Ufer. Dann pfiff er leise durch die Zähne. »Ihr dürft raten, was da unten steht, auf der zweiten Zufahrt zur Siedlung.«

»Wahrscheinlich eine Statue von Abraham Lincoln«, sagte Justus ungeduldig. »Na los, red schon.«

»Präsidenten sehe ich keine.« Peter sprach aufreizend langsam. »Aber einen roten Porsche.«

»Ach nein.« Justus war ehrlich verblüfft. Dann zupfte er an seiner Unterlippe.

»So viele rote Porsche wird es hier nicht geben«, murmelte Bob. »Ich bin dafür, dass wir zur Hauptstraße fahren und uns an ihn dranhängen, wenn er kommt.«

»Nichts wie los«, entschied Justus.

Mit Riesenschritten liefen sie den Hügel hinunter, sprangen über den Zaun und rannten zum Wagen. Als sie auf der Hauptstraße langsam nach Süden fuhren, bewies ein Blick in die zweite Stichstraße zur Feriensiedlung, dass der Porsche noch da stand.

»Da drüben, der Holzstoß.« Bob hatte am linken Straßenrand ein schönes Versteck für den Honda gefunden. Geschickt stellte Peter den Wagen so ab, dass sie einen Blitzstart hinlegen konnten, wenn das notwendig werden sollte. »Wie hieß das Kennzeichen noch gleich?«, fragte er zu Justus hinüber und setzte das Fernglas an die Augen.

»Blöde Frage«, erwiderte Justus. Alle Welt kannte doch sein phänomenales Gedächtnis. »SAM 865.«

»Dann möchte ich gerne wissen«, fuhr Peter fort, »was Silvie Oames hier treibt.«

Drohung mit einem Ohr

»Sie wird nicht gekommen sein um Schwimmunterricht zu nehmen«, konterte Bob schlagfertig.

Justus erklärte, an einen Zufall glaube auch er nicht. »Aber woher kennt Silvie Deborah Street?«, fragte er, während alle drei auf den Wagen starrten.

»Wir wälzen seit drei Tagen immer mehr Fragen ohne Antworten«, schimpfte Peter. »Allmählich geht mir das ganz schön auf den Geist.«

»Spitzendetektive brauchen viel Geduld«, flachste Justus. Er wollte sich seine gute Laune nicht verderben lassen. »Das Netz wird doch immer enger.«

»Netz?« Peter lachte spöttisch auf. »Wenn das ein Netz ist, heiße ich Einstein.«

In diesem Augenblick tauchte Silvie auf, gerade rechtzeitig um das Wortgeplänkel zu beenden.

»Sieht wirklich super aus«, staunte Bob, der Peters Fernglas unbemerkt an sich genommen und jetzt die schlanke Erscheinung im schwarzen Overall im Visier hatte.

»Reiß dich los«, forderte Justus ihn auf. »Wir sollten uns an die Fersen der Dame heften.«

Sie liefen hinüber zu ihrem Honda. Während die beiden anderen einstiegen, bezog Bob Position hinter dem Holzstoß. Sie hörten, wie ein Motor angelassen wurde. »Sie wendet«, rief Bob. »Jetzt kommt sie auf uns zu.«

Mit ein paar Sätzen war er beim Wagen. Peter entsicherte die Handbremse und rollte, ohne den Motor anzulassen, auf die Straße zu. Sie sahen gerade noch, dass Silvie Richtung Süden verschwand.

Peter fuhr los, während Justus eilig die Karte auseinander faltete. »Du kannst ihr ruhig Vorsprung lassen«, sagte er. »Bis in den nächsten Ort gibt es keine einzelne Querstraße, die sie nehmen könnte.«

Silvie, das wussten sie seit ihrer ersten Begegnung mit dem Porsche nur allzu gut, war eine rasante Fahrerin. Peter gelang es dennoch problemlos, an ihr dranzubleiben ohne zu dicht aufzufahren. Sie überquerten die Grenze zwischen Nevada und Kalifornien. Justus fixierte weiter die Straßenkarte. »Nach der nächsten Kurve musst du näher ran. Da kommt die Abzweigung nach Heavenly Valley.« Kaum hatte er ausgesprochen, sahen sie, dass an dem Porsche der Blinker leuchtete. Schwungvoll nahm Silvie Oames die Kurve.

Der Zweite Detektiv bog ebenfalls ein. »Zurück zur Villa will sie also nicht«, sagte er zufrieden.

»Aber wohin sonst?«, fragte Bob.

»Die Straße führt nach Meyers und dort auf den Highway 50 Richtung Sacramento.« Justus stutzte und lachte auf. »Wenn sie jetzt fünf Stunden geradeaus fährt, ist sie am Pazifik.«

Bob gähnte. »Aber ohne uns.«

Sie schwiegen. Es wurde langsam dunkel, was Peter die Verfolgung erleichterte. Der Verkehr war nicht besonders dicht. Einige Autos mit Skiern auf dem Dach kamen ihnen entgegen.

Plötzlich schob sich von links ein Bus zwischen den

Porsche und die drei ???. Aber der Zweite Detektiv nutzte die nächste Gelegenheit, ihn zu überholen. Er fuhr so dicht auf, dass sie die charakteristische Heckpartie des Sportwagens erkennen konnten. Dann ließ er sich wieder etwas zurückfallen.

»Sie fährt nach rechts«, wunderte sich Bob, als sie in Meyers angekommen waren. Sie folgten ihr auf den Highway 50, Richtung Norden.

Einige Lastwagen bremsten den Porsche. Um bei Silvie keinen Verdacht zu erregen, ließ sich Peter von einem Lkw überholen. Justus versuchte an dem Trucker vorbeizusehen, damit ihnen die junge Frau nicht plötzlich an einer Abbiegung entwischte.

Seine Vorsicht lohnte sich. »Sie fährt raus«, rief er plötzlich, »nach rechts!«

Der Wegweiser zum Flughafen war unübersehbar. »Upper Truckee Airfield« stand da in weißer Schrift auf grünem Grund.

»Richtig«, erinnerte sich Peter, »die feine Gesellschaft ist ja mit dem Privatflugzeug gekommen.«

»Na dann«, meinte Bob enttäuscht, »wird sie wohl gleich in eine Maschine klettern und wir dürfen ihr ein bisschen nachwinken.«

Silvie steuerte direkt das kleine Flughafengebäude an und die Jungs parkten ihren Honda außerhalb des Geländes. Sie verschwand durch eine hell erleuchtete Glastür.

Peter setzte den Feldstecher an die Augen. »Sie scheint jemanden zu suchen«, sagte er. »Ziemlich ärgerlich sieht sie aus. Und ungeduldig. Jetzt geht sie zu einem der beiden Schalter. Sie fragt etwas. Der Mann nickt. Sie kommt raus.«

Silvie Oames nahm Kurs aufs Flugfeld. Den drei ??? versperrte das Flughafengebäude die Sicht.

»Wie wär's, wenn ich schnell reinspringe?«, schlug Bob vor. »Es muss doch zu erfahren sein, was sie von dem Mann am Schalter wollte.«

Justus nickte. »Aber pass auf, dass sie dich nicht sieht.«

Bob lief auf das Gebäude zu. Peter und Justus wechselten ihre Position. Silvie war in der Dunkelheit verschwunden.

»Darf doch nicht wahr sein«, schimpfte Peter. Hier draußen half ihnen das Fernglas kaum noch. »Schade, dass ihr Overall nicht neongelb ist«, bedauerte er. Erst seit kurzem hatte er eine Schwäche für diese Farbe entwickelt, aber wenig Gegenliebe bei seinen Freunden gefunden. Ganz zu schweigen von Kelly, die ihm deswegen glatte Geschmacksverirrung bescheinigte.

»Würde in der Dunkelheit auch nichts mehr nützen«, knurrte Justus.

Sie sahen, wie Bob das Gebäude betrat und zum Schalter ging. Er stellte dem Mann eine Frage. Und er hob gestenreich zu einer offenbar längeren Antwort an.

»Da!« Peter hatte Silvie entdeckt. Sie war im Lichtkegel eines Scheinwerfers vor dem Hangar wieder aufgetaucht und ging auf eine kleine Maschine zu.

»Gib mal her!« Ohne lange zu fragen bemächtigte sich Justus des Feldstechers. »Niemand drin«, sagte er und gab Peter das Glas zurück.

»Vielleicht fliegt sie selbst.«

»Kannst du die Nummer lesen?«

»Charlie, Alpha, Strich, Oscar, Echo, Delta 55«, buchstabierte Peter.

»Marke?«

»Keine Ahnung. Vielleicht eine Fokker.«

Ohne hinzusehen kritzelte Justus die Kombination auf einen Zettel, den er aus seiner Hosentasche gekramt hatte.

Sie starrten weiter auf das Flugfeld. Silvie war vor dem Flugzeug stehen geblieben und sah sich um.

»Jetzt hat sie etwas in der Hand«, berichtete Peter. »Ein tragbares Telefon. Sie tippt eine Nummer ein. Aber frag mich jetzt nicht, welche.«

Justus grinste. »Reicht vollkommen, wenn du mir mitteilst, was sie sagt. Brauchst bloß auf ihre Lippen zu achten.«

Ehe Peter etwas erwidern konnte, machte die junge Frau plötzlich kehrt und ging mit weit ausholenden Schritten zurück zum Flughafengebäude.

»Jetzt hopp«, feuerte der Zweite Detektiv Bob an, der noch immer am Schalter stand.

»So ein Mist«, schimpfte Justus. Aber die Frau achtete überhaupt nicht auf das Treiben im Gebäude, sondern steuerte hoch erhobenen Hauptes auf den Porsche zu.

Bob musste ihre klappernden Absätze gehört haben. Jedenfalls drehte er sich vorsichtig um. Justus und Peter sahen, wie er sich unverzüglich verabschiedete und davonsprang. Er kam gerade noch rechtzeitig um abermals die Verfolgung des Porsche aufzunehmen.

Der Ausflug ins Flughafengebäude hatte sich gelohnt. Silvie Oames war mit Mister Greenwater verabredet.

»Und der Mann am Schalter konnte ihn auch noch beschreiben, weil sich die beiden bereits gestern getroffen hatten«, berichtete Bob zufrieden.

»Was will der Entführungsspezialist am Flughafen?«, fragte Justus nachdenklich.

»Achtung«, unterbrach in Bob. »Silvie biegt ab.«

An der wenig befahrenen Hauptstraße nahm der Porsche die Abzweigung Richtung Norden und fuhr von South Lake Tahoe auf dem direkten Weg zur Emerald Bay.

»Die fährt nach Hause in die Villa«, prophezeite Peter.

»Umso besser«, kommentierte Justus. »Vielleicht wartet Tante Mathilda da schon mit einem Steak auf uns.«

Als der Porsche auf dem Zubringer zur Villa verschwunden war, hielt Peter an. »Gehen wir lieber zu Fuß«, schlug er vor, »damit wir nicht so auffallen.«

Er manövrierte den Honda halb in einen Waldweg, ziemlich genau dort, wo Silvie sie vor zwei Tagen fast von der Straße gedrängt hatte. Schweigend trabten sie den Hügel hinauf.

Schon am Eingang erwartete sie ein ungewöhnlicher Lichtschein. Einige Meter weiter sahen sie, dass der Vorplatz hell erleuchtet war. Drei Polizeiwagen standen da, der Porsche parkte vor der Garage.

»Vielleicht ist die Story zu Ende und Oames wieder da.« Der leicht enttäuschte Unterton in Bobs Stimme war kaum zu überhören.

»Wär ja schön für ihn«, antwortete Justus. »Aber ich glaub's nicht.«

Peter zog den Schlüssel zum Ferienhaus aus der Tasche. Die Tür war allerdings unversperrt. Die drei ??? betraten die Diele.

Justus hatte noch die Klinke in der Hand, da hörten sie schon Tante Mathildas Stimme. »Seid ihr's?«, fragte sie und erschien in der Küchentür. »Ganz schön spät. Fast hätte ich begonnen mir Sorgen zu machen.« Aber dann sprudelte es aus ihr heraus. »Da drüben ist der Teufel los. Zieht eure Jacken aus und kommt in die Küche. Ich habe gerade eine Gemüsepizza ins Rohr geschoben.«

»Ganz schön in Fahrt«, raunte Bob den beiden anderen zu, als Tante Mathilda abgerauscht war.

In Windeseile hatten sie Stiefel und Jacken ausgezogen und marschierten in die Küche. Dort kam Tante Mathilda ohne Umschweife zur Sache. »Ich war als Detektiv tätig«, sagte sie und sah stolz in die Runde. Dann deutete sie auf den Block, der vor ihr lag. »Und ich habe alles aufgeschrieben, was passiert ist, sogar mit Uhrzeit.« Justus musste lächeln, als er sah, wie sich seine Tante in Positur setzte um ihren Bericht zu beginnen.

Kurz nach zwei Uhr hatten sich die Entführer wieder gemeldet und eine neuerliche Lösegeldübergabe an der Meeks Bay verlangt, gut 20 Kilometer am Seeufer Richtung Norden.

»Und dann haben sie gedroht. Wenn es wieder schief geht, wird Oames ein Ohr abgeschnitten.« Sie schüttelte fassungslos den Kopf. »Sie würden es dann mit der Post schicken.«

»Brr«, unterbrach sie Bob. »Das ist aber blutrünstig.«

»War eine männliche oder eine weibliche Stimme am Telefon?«, wollte Justus wissen.

»Ein Mann. Mit verzerrter Stimme. Sagt Sergeant Hawthrone.« Tante Mathilda legte eine kleine Kunstpause ein. »Eine halbe Stunde später...«, sie hob die Stimme etwas zu dramatisch, wie ihr Neffe fand, »...kam Silvie und erklärte, die Entführer hätten sich noch einmal gemeldet. Und zwar auf ihrem kleinen tragbaren Apparat. Und statt zwei Millionen zweieinhalb verlangt.«

»Und dann?« Die Jungen hingen an den Lippen von Tante Mathilda.

»Dann haben sie diesen komischen Anwalt losgeschickt. Im Polizeiwagen, nach Carson City, um bei der Bank von Nevada noch einmal 500 000 Dollar zu holen.« Sie stand auf und sah im Herd nach der Gemüsepizza. Ein angenehmer Geruch strömte durch den Raum, aber die Jungen bemerkten ihn kaum.

»Na schön«, sagte Justus ziemlich ungeduldig. »Und dann?«

»Dann hat Capistrano der jungen Lady die Meinung gesagt. Weil sie ihm ihr transportables Telefon verschwiegen hat.«

Die drei ??? erfuhren, dass Henry Simon darauf bestanden hatte, die Lösegeldübergabe, wie auch im ersten Fall, ohne jede Beteiligung der Polizei über die Bühne zu bringen. Und dass Capistrano ihm das schließlich ausgeredet hatte.

Tante Mathilda schaute auf ihren Block. »Es war kurz vor vier, da ist der junge Oames richtig ausgeflippt.« Sie sah die Jungs nachdenklich an. »Zum ersten Mal hatte ich das Gefühl, dass er sich doch Sorgen macht um seinen

Vater. Jedenfalls hat Capistrano seine Leute in Marsch gesetzt und der junge Oames ist losgefahren.«

»Du spannst uns ganz schön auf die Folter«, brummte Justus. »Nun sag doch, was ist dann passiert?«

Aber Tante Mathilda genoss ihre Rolle zu sehr. Man konnte es ihr richtig ansehen. »Um halb sechs sollte die Sache steigen«, fuhr sie fort.

»Und?« Peter war nicht mehr zu halten.

»Wieder schief gegangen.« Tante Mathilda lehnte sich zurück. »Vor zwanzig Minuten ist der Junior zurückgekommen. Und hat sich mit Capistrano ein Schreiduell geliefert. Bis hierher hat man es hören können. Leider habe ich nicht verstanden, was sie gebrüllt haben.«

»Und jetzt?«

»Jetzt essen wir Pizza.« Sie ging wieder zum Herd und holte die dampfende Pizza heraus. »Und dann …«

Justus fiel ihr ins Wort. »Und dann machen wir dich unter Trompetenklängen und Paukenschlägen zum Ehrenmitglied der drei ???. Allerdings«, sagte er etwas von oben herab und griff sich mit der geöffneten Hand hinter das Ohr, »musst du uns erst noch verraten, wie du das alles erfahren hast.«

»Ihr spinnt«, tat Tante Mathilda entrüstet. »Wohl noch nie was von Berufsgeheimnis gehört?«

Hinweis im Schnee

In bester Stimmung verdrückten sie die Pizza. Dann begann Peter im Kamin Holz aufzuschichten. Tante Mathilda zog sich zum Spülen zurück. In der Villa werde sie heute Abend nicht mehr gebraucht, war ihr mitgeteilt worden, nachdem Henry Simon unverrichteter Dinge mit 2,5 Millionen Dollar in der Tasche wieder zurückgekehrt war.

Die drei ??? überlegten, ob es nicht besser wäre, sich selbst ein Bild von der Situation im Haupthaus zu verschaffen. »Was einerseits den Vorteil hätte, dass wir auch versuchen könnten Capistrano oder Hawthrone auf den Zahn zu fühlen«, meinte Peter. Dabei riss er ein Streichholz an und setzte ein Knäuel Zeitungspapier in Brand.

»Und andererseits die uns«, ergänzte Bob.

Justus war wenig angetan von der Idee, einen Erkundungszug zu unternehmen. »Wenn uns Capistrano fragt, müssen wir ihm sagen, was wir wissen«, warnte er. »Zum Beispiel, dass Silvie Oames direkt nach der Lösegeldübergabe ein Rendezvous auf dem Flughafen hatte...«

»...zu dem es aber genauso wenig kam wie zum Treffen mit den Entführern«, machte Bob weiter.

»Eigentlich sollten wir das Capistrano sagen, oder?« Nachdenklich starrte Peter in die hochzüngelnde Flamme. »Es könnte immerhin um ein Menschenleben gehen... oder zumindest um ein Ohr.«

»Glaub ich nicht«, schob Bob die Bedenken beiseite.

»Und der Inspektor selber meint auch, dass die Entführer Oames nicht umbringen wollen.«

»Trotzdem hat Peter Recht«, entschied der Erste Detektiv. »Morgen früh machen wir da weiter, wo wir heute aufgehört haben. Wir fahren nach Zephyr Cove, schauen uns noch mal ausführlich um und besuchen auf dem Rückweg die Polizeistation von South Lake Tahoe.«

Die beiden Freunde waren einverstanden. Weniger zufrieden war Peter mit dem, was sich im Kamin abspielte: Die Holzscheite fielen über dem ausgeglühten Papierballen zusammen, ein paar Funken stoben auf, kläglich erlosch die Flamme.

»Das Holz ist zu feucht«, wurde er von Justus belehrt.

»Blödsinn«, gab Peter zurück, »knochentrocken ist es.«

Bob wollte auch seinen Senf dazugeben und meinte, Peter hätte eben zu wenig Papier genommen. Der wurde wütend, verbat sich weitere Ratschläge und nahm einen zweiten Anlauf. Mit Erfolg: Wenig später prasselte das schönste Feuer im Kamin.

Unterdessen hatte Bob aus Peters Zimmer die Spielpläne geholt. Sie ließen sich vor dem Kamin nieder um Deborahs Aufzeichnungen ganz genau zu studieren. Als dann auch noch Tante Mathilda mit heißer Zitronenlimonade kam, machte sich das erste Mal, seit sie am Lake Tahoe angekommen waren, so etwas wie Ferienstimmung breit in dem gemütlichen Haus.

»Wisst ihr was«, sagte Bob, nachdem sie einige Zeit intensiv auf die vielen Linien, Kreise, auf die Buchstaben und Zahlen gestarrt hatten, und fuhr mit dem Zeigefinger auf dem Papier entlang. »Ich glaube, ich habe dieses

Spiel schon bei Elizabeth gesehen.« Elizabeth war seine Freundin, bei der er einen großen Teil seiner Freizeit verbrachte – wenn er nicht gerade für die Musikagentur von Sax Sendler jobbte oder mit den anderen beiden knifflige Fälle löste.

»Sie hat das mal mit ihrer kleinen Nichte gespielt. Da stehen Häuser genau ausgerichtet im Quadrat und Wege können hin und her geschoben werden.« Er sah die Freunde an. »Kennt ihr das nicht?« Peter und Justus schüttelten den Kopf.

»Und wie«, wollte der Erste Detektiv wissen, »liest du das aus diesem Plan hier heraus?«

»Ganz einfach.« Bob beugte sich nach vorn. »Das hier könnten die Häuser sein.« Er deutete auf ein dicht schraffiertes Quadrat in der linken Ecke und auf zwei weitere, die weniger deutlich zu sehen waren.

»Hier wären dann die Wege«, sagte Peter eifrig.

Justus begab sich etwas umständlich in den Schneidersitz und zupfte an seiner Unterlippe. »Das erinnert mich an etwas.«

»Aha«, feixte Peter. »Vielleicht an eines deiner geliebten Kreuzworträtsel?«

»Blödsinn. An Zephyr Cove.«

Bob starrte ihn an, dann besah er sich noch einmal den Plan genau. »Natürlich«, rief er, »das ist die Feriensiedlung!« Er stand auf und schnipste mit den Fingern. »Wir müssen da noch einmal hin, und zwar so schnell wie möglich.«

»So schnell wie möglich schon«, meldete sich Tante Mathilda zu Wort. Sie thronte in einem braunen Ledersessel. Die Jungs hatten sie ganz vergessen. »Aber nicht mehr heute, damit das klar ist.«

Justus kannte diesen Ton genau. Jetzt war Widerspruch sinnlos.

Die Landschaft war weiß vom Schnee, als sie am Morgen aus dem Fenster sahen.

»Nur gut, dass der Honda Winterreifen und Vorderradantrieb hat«, meinte Justus, während er sich ein Butterbrot schmierte. Tante Mathilda lag noch im Bett. Die drei ??? wollten sie schlafen lassen um nicht in Diskussionen verwickelt zu werden.

»Melden uns telefonisch«, schrieb Bob auf einen Zettel. Dann verließen sie leise das Haus.

Es war eben erst hell geworden. Auf dem Vorplatz lag eine dünne Schneeschicht und noch immer tänzelten kleine Flocken zu Boden.

»Richtig idyllisch«, sagte Bob und sah sich um. Der Porsche stand wie überzuckert vor der Garage.

»Lass das.« Peter zog ihn zum Honda. »Für Romantik haben wir jetzt keine Zeit.«

Auch Justus war nicht nach verträumter Betrachtung der winterlichen Landschaft zumute. Ihm ging Peters Hinweis vom Vorabend nicht aus dem Kopf. Vielleicht waren sie auf einer ganz falschen Fährte und Oames kam immer mehr in Gefahr.

Die Straße war menschenleer. In Baldwin Beach verließ gerade der Morgenbus die Garage. Sonst war niemand zu sehen. Schweigend fuhren sie wieder über die Grenze zwischen Nevada und Kalifornien. Nach einer knappen halben Stunde waren sie am Ziel. Diesmal nahmen sie die südliche Stichstraße, damit der Campingplatzverwalter sie nicht zu Gesicht bekam.

Peter parkte den Wagen direkt am Seeufer. Sie stiegen aus. Es war unwirklich still in Zephyr Cove. Die Schneedecke dämpfte jedes noch so leise Geräusch.

Sie kletterten über den Zaun. Ihre Spuren waren deutlich zu sehen. Justus runzelte die Stirn, aber dann zuckte er die Schultern. Er wollte jetzt so schnell wie möglich das Häuschen von Deborahs Eltern finden. Alles andere war nebensächlich. Geduckt schlichen sie von einer Tür zur anderen und entzifferten die gut zwanzig Klingelschilder. Der Name, den sie suchten, war auf keinem zu finden. Insgesamt zählten sie 48 Häuschen.

»Und jetzt?«, fragte Bob ratlos, als sie auf dem kleinen Hügel angekommen waren.

»Fehlanzeige«, brummte Peter enttäuscht. »Langsam habe ich es satt. Morgen geh ich wieder Ski fahren.«

Justus zupfte an seiner Unterlippe und starrte auf den See. »Tust du nicht«, sagte er gedehnt.

»Tu ich doch!«

Der Erste Detektiv drehte sich zu den Freunden um, sah aber mehr durch sie hindurch. »Da unten ist jemand.«

Peter und Bob fuhren herum. »Keine Menschenseele ist da unten«, sagte der Zweite Detektiv schließlich. »Du siehst Gespenster. Du bist ferienreif.«

Bob war etwas vorsichtiger. »Wo?«, fragte er.

Mit einem Mal hatte Justus einen zufriedenen Gesichtsausdruck aufgesetzt. »Da drüben.« Er deutete auf die rechte Seite der Siedlung. »Im zweiten Häuschen in der ersten Reihe.«

»Du siehst Gespenster«, wiederholte Peter fast wütend. »Weit und breit ist da niemand.«

Bei Bob fiel der Groschen. »Justus hat Recht«, sagte er langsam. »Sieh doch richtig hin. Vor dem Haus liegt kein Schnee. Dreimal darfst du raten, warum.«

Peter ließ seinen Blick von Justus zu Bob wandern. Dann schlug er sich mit der Hand auf die Stirn. »Hab auf der Leitung gestanden. Das Häuschen hat einen Keller und der ist geheizt. Deshalb ist der Vorgarten nicht weiß.«

»Wirklich ein schlaues Kerlchen, dieser Peter Shaw«, lobte Justus ironisch. Dafür kassierte er von Bob einen Rippenstoß.

»Das sehen wir uns genauer an«, kommandierte der Erste Detektiv unternehmungslustig und wollte los.

»Halt mal einen Moment«, stoppte Bob den Freund. »Was ist, wenn Oames tatsächlich da unten eingesperrt ist? Bringen wir ihn nicht zusätzlich in Gefahr?«

Justus war anzusehen, dass er angestrengt über eine Antwort nachdachte. »Wenn Oames hier ist, ist er bei Deborah«, sagte er nach einigen Augenblicken. »Richtig?« Die beiden anderen nickten. »Dieses Risiko können wir eingehen«, entschied er.

»Hat einfach ein positives Bild von Frauen, unser Superhirn«, ließ sich Peter die Gelegenheit zur Retourkutsche nicht entgehen. »Ganz im Ernst«, setzte er fort, bevor Justus reagieren konnte. »Ich glaube, du hast Recht.«

Geduckt liefen sie den Hügel hinunter. Sie stoppten am Nachbarhaus und starrten aus der Deckung auf die Fenster gegenüber. An der einen Seite befanden sich zwei, um die Ecke noch einmal zwei, ein besonders großes und ein kleineres, das offenbar zum Bad oder zur Küche gehörte. Die Fenster waren vergittert. Trotz der nur halbhohen weißen Vorhänge konnten sie nicht ins Innere sehen, weil die Scheiben stark spiegelten.

»Da werden wir wohl hinein müssen«, murmelte Peter und zog das schwarze Etui mit der kleinen Kollektion von Dietrichen, Nachschlüsseln und einer Haarnadel aus den Beständen seiner Mutter hervor.

Justus und Bob nickten stumm. Dann liefen sie um das Haus herum, durch einen schmalen Garten, der ohne Zaun in das Nachbargrundstück überging. Peter kam von der anderen Seite. An der Haustür signalisierten sie sich: »Keine Gefahr, niemand zu sehen.«

Der Zweite Detektiv hielt den Atem an, als er die Treppen zum Eingang hinaufsprang. Lautlos fingerte er nach einem mittelgroßen Dietrich. Er führte ihn in das Schlüsselloch ein, versuchte ihn zu drehen. Erfolglos. Justus und Bob beobachteten ihn nervös. Mit zwei sicheren Handgriffen wechselte Peter den Dietrich gegen die Haarnadel und bearbeitete das Schloss. Mit einem leisen Knacken sprang die Tür auf.

Justus übernahm das Kommando. »Du stehst draußen Schmiere«, sagte er tonlos zu Bob. »Wenn wir in zehn Minuten nicht zurück sind, haust du ab und alarmierst Capistrano.«

Peter deutete ungeduldig auf den offenen Spalt und

drückte die Tür vorsichtig nach innen. Trotzdem war ein Rasseln zu hören. In Augenhöhe der Jungen spannte sich eine Kette.

Und dann ging die Tür ganz langsam zu, wie von Geisterhand bewegt. Der Erste Detektiv spürte, wie ein Schauer über seinen Rücken lief. Atemlos starrten sie in den schmaler werdenden Spalt. Im Zeitlupentempo verschwand leise rasselnd die Kette. Die Tür öffnete sich. Alles war totenstill. Zu sehen war niemand. Die drei ??? blickten sich ratlos an. Und dann setzte Justus als Erster den Fuß in das Dunkel.

Labyrinth ohne Ausweg

Justus' Augen konnten sich nicht gleich von der hellen Schneelandschaft auf das Dämmerlicht umstellen. Er machte zwei Schritte nach vorn, blinzelte und starrte angestrengt in die Leere. Nichts war zu hören. Dann allerdings spürte er plötzlich einen festen Griff um seinen Arm. Er erschrak heftig und wollte sich umdrehen um die beiden anderen zu warnen, aber der Ton blieb ihm im Hals stecken. Der Griff wurde noch fester und zog ihn nach innen. Undeutlich konnte Justus schlanke Finger erkennen.

»Ihr andern beiden auch.« Eine Frauenstimme klang sonderbar metallisch.

Justus meinte Peters Ellbogen in seinem Rücken zu spüren. Plötzlich wurde ein grelles Licht angeknipst. Sie sahen eine knabenhafte Frauengestalt, die noch immer ihre Hand um Justus' Oberarm gelegt hatte. »Tür zu!«, lautete ihr Kommando. »Und zwar schnell!«

Mechanisch gehorchte Bob. Dann ließ die Frau Justus los. Sie war schlank, aber sehnig, und trug eine kurze Lockenfrisur. Unter dem anliegenden Body zeichneten sich kräftige Oberarmmuskeln ab.

»Deborah Street«, sagte Justus halblaut.

Die Frau nickte. Ihr Gesicht war etwas kantig, allerdings mit elegant geschwungenen Augenbrauen und einem vollen Mund, der sich zu ihrer Überraschung plötzlich zu einem Lächeln formte. »Habt ihr's also doch geschafft. Wir haben euch schon gestern beobachtet.«

»Wir?« Bob räusperte sich und setzte noch einmal an. »Wen meinen Sie mit wir?«

»Mich«, hörten die Jungs eine dunkle Stimme in ihrem Rücken. Sie fuhren herum. An einer Theke, hinter der sich eine kleine Küche öffnete, stand eine Gestalt, auf die nur eine Bezeichnung passte: imposant. Es gab keinen Zweifel, vor ihnen stand Michael Julius Oames. Die drei ??? starrten ihn ungläubig an.

Justus gewann als Erster seine Fassung wieder und kratzte sich bedächtig am Kinn. »Michael Julius Oames«, sagte er. »Wie das Opfer einer Entführung sehen Sie nicht gerade aus.«

Irritiert wandte sich Peter zu Deborah. »Was wird hier gespielt?«, fragte er. Ihm passte das alles nicht. Er ließ sich nicht gern an der Nase herumführen.

»Setzt euch doch erst mal«, forderte Oames mit einer einladenden Geste auf und komplimentierte sie in drei Korbstühle an der hinteren Seite des Raumes.

Justus sah die beiden anderen an. Im ersten Augenblick hatte er Enttäuschung gespürt, weil sich der ganze Fall in Luft aufzulösen schien. Peter hingegen war wütend. Und Bob platzte schier vor Neugier.

Justus als Chef der drei ??? übernahm die Vorstellung. »Ich heiße Justus Jonas, das sind meine Freunde Peter Shaw und Bob Andrews. Seit drei Tagen suchen wir Sie.«

Oames überging den Hinweis. Er war offenbar entschlossen sie als seine Gäste zu behandeln. »Ich hole uns etwas zu trinken«, sagte er und verschwand in der Küche.

Justus' Blicke durchwanderten rasch den Raum. Er war kaum mehr als zwanzig Quadratmeter groß, mit Bücherregalen, den Korbstühlen, einem Glastisch und zwei Stehlampen geschmackvoll eingerichtet und bot durch das große Fenster neben der Eingangstür einen schönen Blick zum Lake Tahoe. Oames kehrte zurück, stellte die Gläser und eine Flasche mit Orangensaft ab und setzte sich. Er schien etwas älter zu sein als der Mann auf den Zeitungsfotos und hatte kurze graue Haare, die aus der Stirn gekämmt waren. Zwischen Nase und Mundwinkel hatten sich zwei tiefe Falten in sein Gesicht gegraben. Die runde randlose Brille gab ihm den Anstrich eines Gelehrten. Oames lächelte ihnen aufmunternd zu.

»Bist ein genauer Beobachter«, meinte er zu Justus und hielt ihm ein Glas entgegen. Der Erste Detektiv wurde rot, als er merkte, dass er Oames wohl allzu ungeniert gemustert hatte. Peter hatte keine Lust darauf, Komplimente auszutauschen.

»Sie sind von Miss Street entführt worden. Vermutlich mit Unterstützung.« Er wandte sich zu der jungen Frau um, die seinem forschen Blick allerdings ohne Probleme standhielt.

»Ja«, sagte sie, nickte zur Bekräftigung und benahm sich so unkompliziert, als handle es sich um die Zusage zu einem harmlosen Rendezvous am Sonntagnachmittag.

Justus atmete hörbar aus. »Sir«, sagte er dann mit fester Stimme, »am besten wäre es, wenn Sie uns die ganze Geschichte von Anfang an erzählten.« Er sah Oames scharf an. »Wir haben nämlich das Gefühl, dass hier jemand ein falsches Spiel treibt.«

Der Spieleerfinder zog die rechte Augenbraue hoch, verschob eine Rückfrage aber auf später. Dann forderte er Deborah auf anzufangen.

Die junge Frau straffte sich etwas. Ihre Sätze waren kurz und knapp. In der Nacht nach der Ankunft der drei ??? war sie tatsächlich über das Rosenspalier in die Villa eingedrungen. Sie hatte die Entführung wochenlang geplant. Fälschlich war sie nämlich der Meinung gewesen, Oames halte sich ganz allein auf seinem Anwesen auf. »Aber ihr habt auch nicht weiter gestört«, meinte sie leichthin und erntete dafür einen tadelnden Blick von Bob.

Kaltblütig, so ihre eigene Wortwahl, hatte sie Oames betäubt und mit einem Freund, den sie von innen in die Villa ließ, aus dem Haus transportiert. Nach gut einer Viertelstunde war die ganze Aktion beendet gewesen.

Der Erste Detektiv sah verstohlen zu Oames hinüber, der der Schilderung entspannt und emotionslos folgte. Doch irgendwie schrullig, dachte Justus.

»Und wozu das Ganze?« Peter merkte selbst, wie mürrisch seine Stimme klang. Er fühlte sich gefoppt. Höchste Zeit, dachte er, dass die beiden sich für die ganze Mühe entschuldigen, die sie uns gemacht haben. Eigentlich haben wir nämlich Ferien.

Deborah wirkte zum ersten Mal, seit sie die Jungs ins Haus gelassen hatte, etwas unsicher. Mit einem verunglückten Lächeln schaute sie zu Oames. Der half ihr unverzüglich aus der Verlegenheit.

»Die junge Dame hat mich gehasst«, sagte er. Es sollte ironisch klingen, was aber nicht ganz gelang. Deborah hatte sich wieder gefangen und nickte streng. »Ich hielt ihn für einen Betrüger, der durch meine Spielideen mindestens zwei Millionen Dollar verdient hat.«

»Das wissen wir.« Bob wurde ungeduldig. »Aber wieso sitzen Sie hier wie… wie…« Er suchte vergeblich nach dem richtigen Wort.

»Wie alte Bekannte«, ergänzte Oames. Offenbar besaß er großes Geschick darin, immer zur Stelle zu sein, wenn man ihn brauchte. »Ganz einfach. Ich bin nämlich gar kein Betrüger.« Er nahm einen langen Schluck und holte dann tief Luft. »Ich bin darauf gestoßen, dass in meinem Unternehmen gewisse Unregelmäßigkeiten vorkommen. Deshalb wollte ich mich mit Deborah treffen.« Mit einem Mal sah er traurig aus. »Ihr sind tatsächlich Ideen gestohlen worden. An den Einnahmen für ›Labyrinth ohne Ausweg‹ und für ›Spuren im Schnee‹ hätte sie beteiligt werden müssen. Mein Sohn hätte die Lizenzen für Europa nicht ohne ihre Zustimmung und entsprechendes Honorar für sie vergeben dürfen.«

»Na gut«, fuhr Justus etwas ungestüm dazwischen. »Aber deswegen entführt man doch niemanden! Wissen Sie nicht, dass das ein schweres Verbrechen ist? Und dann auch noch die Drohung, die Ohren abzuschneiden!«

»Wie bitte?« Deborahs Sicherheit war mit einem Schlag verschwunden.

Justus wiederholte seinen Vorwurf. Deborah öffnete den Mund um etwas zu erwidern, aber ein mächtiges Splittern ließ ihr keine Zeit mehr.

»Schluss mit der Märchenstunde«, befahl eine dröhnende Stimme. Sie gehörte einem Mann, der mit zwei großen Sätzen in die Mitte des Raumes sprang. Ein zweiter kam in derselben Sekunde nach und pflanzte sich an der Tür auf. Beide hatten Gerätschaften in der Hand, die in Gaunerkreisen nur allzu gut bekannt waren. Und die kamen unverzüglich zum Einsatz.

Gefangen im Keller

Wenn wir nur daran gedacht hätten, diese blöde Kette vorzulegen. Zum x-ten Mal ging Justus dieser Satz durch den Kopf. Wieder versuchte er mit den Fingerspitzen den Strick zu fassen. Wieder ohne Erfolg. Gefesselt und geknebelt lag er, wie die anderen vier, in dem fensterlosen, völlig dunklen Heizungskeller, der die drei ??? auf Deborahs Spur gebracht hatte. Wenn Bob nur draußen geblieben wäre, quälte sich Justus mit einem anderen Wenn-Satz fruchtlos herum. Von irgendwoher hörte er leises Stöhnen.

Wenigstens hatten die Männer ihre Absicht, Oames mitzunehmen, im letzten Moment aufgegeben. »Der Kerl bleibt hier!«, hatte der eine verkündet, als ihn der andere aus dem Raum bugsieren wollte. Also lag jetzt auch der Spieleerfinder im Keller auf dem Bauch – verschnürt wie ein Paket und wie alle anderen unfähig sich zu bewegen. Besser, dachte Justus, als dass diese Burschen ihn an einem einsamen Ort womöglich umgebracht hätten. Er versuchte sich zu konzentrieren. Wann würde Tante Mathilda anfangen nach ihnen zu suchen? Sicherlich nicht vor Einbruch der Dunkelheit.

Jetzt hörte er sich selbst aufstöhnen. Etwas wurde über den Boden geschleift. Oder bildete er sich die Geräusche nur ein? Die Schmerzen im Rücken wurden immer heftiger. Es war ziemlich warm, trotzdem hatte er das Gefühl, seine Arme und Beine seien längst eiskalt. Er verdrängte den Gedanken daran, wie er sich wohl in fünf, sechs Stunden fühlen würde. Stattdessen versuchte er sich abzulenken, indem er wieder seine Theorie durchging: Es war also nicht Deborah, die damit gedroht hatte, dem Spieleerfinder ein Ohr abzuschneiden. Ihre Überraschung war nicht gespielt gewesen. Folglich mussten Trittbrettfahrer am Werk sein, und zwar solche, die ziemlich brutal vorgingen, wie sich eben erst gezeigt hatte. Wenn Oames aber gar nicht mehr ausgetauscht werden konnte, wer wollte sich dann die 2,5 Millionen Dollar unter den Nagel reißen? Doch die Familie? Wieder gab es dieses schleifende Geräusch. Justus hob den Kopf und lauschte ins Dunkel. Ob es Peter gelang, an sein Messer zu kommen?

Der Zweite Detektiv konnte an nichts anderes denken als an dieses Messer. Er hatte es vor einigen Wochen eher spaßeshalber in seinen Stiefelschaft gesteckt. Als Justus und Bob ihn damit aufgezogen hatten, war er stur geworden. Seither trug er den Holzgriff mit der gut fünfzehn Zentimeter langen Klinge in einer Lederscheide immer bei sich. Aber alle Versuche, daran zu kommen, hatte er schon aufgegeben. Von seinen gefesselten Fußknöcheln, hinter dem Rücken durch einen Strick mit den überkreuzten Armen verbunden, waren seine Hände viel zu weit weg. Außerdem schnitt mit jedem Zentimeter, den er Hände und Füße zusammenbrachte, der Strick noch mehr ins Fleisch.

Hinter ihm stöhnte es leise. Peter wusste nicht, wer dort lag. Ihn hatten sie als Ersten in den Keller geschleppt. Dieses boshafte »Macht's gut!« klang ihm noch in den

Ohren, mit dem der kleinere der Männer sich schließlich verabschiedet hatte. Bevor sie verschwanden und von außen die Tür verriegelten, hatte er noch seinen Schuh ausgezogen und mit dem Absatz blitzschnell die Glühbirne zertrümmert, die von der Decke baumelte.

»Licht? Braucht ihr sowieso nicht mehr«, hieß sein höhnischer Kommentar.

Justus war nicht sicher, ob er überhaupt wissen wollte, was dieses Schleifen zu bedeuten hatte. Er hasste es, sich falsche Hoffnungen zu machen. Ausnahmsweise zog er es vor, im Ungewissen zu bleiben. Aber die Geräusche neben ihm nahmen kein Ende und je länger sie dauerten, umso zuversichtlicher wurde er.

Plötzlich hörte er, wie ein Pflaster abgerissen wurde. »Ich hab's geschafft!« Das war Deborahs Stimme. Sie klang wohltuend fest. Justus atmete tief durch und entspannte sich. Dann spürte er, wie sich jemand an seinen Fesseln zu schaffen machte. Keine drei Minuten später saßen Deborah und die drei ??? auf dem Kellerboden. Sie massierten sich Arme und Beine. Ab und zu war ein Ächzen zu hören, aus der Ecke, in der Oames auf dem Boden lag und Dehnungsübungen praktizierte.

»Deborah? Darf man fragen, wie Sie das fertig gebracht haben?«, fragte Justus ins Dunkel. Er wäre ihr am liebsten um den Hals gefallen. Aber er wusste nicht genau, wo sie saß, und wollte nicht an den Falschen geraten.

»Ganz einfach«, kam es aus der Finsternis zurück. »Ich bin in meiner Freizeit Artistin.«

»Richtig!« Ihm fiel das Mädchen in Virginia City ein,

das ihnen von Deborahs ungewöhnlichem Hobby erzählt hatte.

»Hier hinter mir ist ein Surfbretthalter an der Wand montiert«, fuhr Deborah fort. »Ich hab mich eingerollt. Dadurch wurden die Fesseln an den Händen lockerer und ich konnte das Ding dazwischenschieben. Das war unsere Rettung.«

»Super«, warf Bob hastig ein, »aber ich glaube, wir sollten ziemlich schnell einen Plan machen.« Er wollte sich lieber nicht ausmalen, was passieren würde, wenn diese beiden Burschen zurückkehrten. Jedenfalls hatte er überhaupt keine Lust, sich in derselben Lage wieder zu finden, aus der er gerade erst befreit worden war.

»Sehr richtig«, meldete sich Oames zu Wort. »Aber zuerst sollten wir uns noch gebührend bei Debby bedanken.«

»Bedanken? Bei mir? Aber ohne mich wärt ihr alle doch gar nicht erst in diese Situation gekommen.«

»Darüber reden wir später«, fiel Oames ihr ins Wort. Dann wechselte er selbst das Thema. »Wie war das mit dem Ohr?«

In kurzen Zügen erzählte Justus, was seit Oames' Verschwinden passiert war. Es fiel ihm nicht ganz leicht, Oames zu sagen, dass er dessen eigene Familie in Verdacht hatte, hinter diesen ganzen Machenschaften zu stecken. Zu Justus' Überraschung nahm Oames das ziemlich gelassen auf, jedenfalls nach seiner ruhigen Stimme zu urteilen. »Wieso habt ihr überhaupt nach mir gesucht?«, fragte er schließlich.

Bob verlor die Geduld. »Ich glaube, es ist jetzt nicht die

Zeit fürs Geschichtenerzählen«, sagte er scharf. »Wir sollten machen, dass wir aus diesem Loch verschwinden, bevor wir wieder Besuch bekommen.«

»Ganz meine Meinung.« Das war Deborahs Stimme. Sie klang weiter entfernt als vorher. Dann hörten die drei ???, wie jemand an der Tür rüttelte. Peter schrak zusammen. Bob dachte dasselbe. »Verdammt!«, fluchte er.

»Keine Angst!«, rief Deborah. »Das bin ich! Sie geht nicht auf!«

»Natürlich nicht«, erwiderte Justus. »Sie haben von außen abgeschlossen.« Ächzend schraubte er sich hoch. »Aber zum Glück haben wir einen zweiten Künstler unter uns.«

Auch Peter taten die Knochen ganz schön weh. Vor allem aber waren seine Finger ziemlich steif. Ein paar Mal fiel ihm sein Werkzeug aus der Hand, bis er die Tür endlich offen hatte. »Normalerweise schaffe ich so etwas schneller«, sagte er entschuldigend zu Deborah.

Sie stiegen noch etwas mühsam die Kellertreppe hoch und standen dann unschlüssig in dem Raum, in dem die beiden Unbekannten sie überrascht hatten.

»Bob hat Recht«, sagte Oames. »Wir müssen einen Plan machen.«

»Zuerst gehen wir mal auf Nummer Sicher.« Justus eilte zur Tür und legte die Kette vor. »Hätte uns einiges erspart, wenn wir das vorhin schon getan hätten.«

Oames lobte Justus für seine Umsicht und fragte, was die drei Jungs als Nächstes unternehmen wollten.

Bob räusperte sich. »Ich muss euch etwas sagen«, begann er langsam. »Im Haus, beim Tonband, ihr wisst schon ...« Es war ihm unangenehm, in Oames' Gegenwart zu erzählen, dass er in dessen Villa herumgeschnüffelt hatte. »In dem Zimmer wäre ich fast überrascht worden. Zwei Männer kamen über den Flur. Der eine war Henry. Und der andere ... ich bin nicht sicher, es klingt so unwahrscheinlich ...« Bob kam noch einmal ins Stottern. »Also, der andere ...«

»Red schon«, drängte Peter. »Was war mit dem anderen?«

»Der war vorhin hier.«

Justus riss Mund und Augen auf. Genauso ging es den anderen.

»Haben Sie einen Firmenanwalt?«, fragte Bob den Verleger, scheinbar ohne Zusammenhang.

Der nickte mit schmerzverzerrter Miene. »Einen privaten auch. Es ist derselbe.«

»Und der vertritt auch Ihre Kinder?«

Oames nickte wieder.

»Wie sieht er aus?«

»So groß wie ich ungefähr ...«

»Eben«, unterbrach Bob die Beschreibung, bevor sie richtig begonnen hatte. »In Ihrer Villa hat Oames, also ich meine, Ihr Sohn, einen kleinen, etwas schmuddeligen Gesellen als Anwalt vorgestellt, der zum Anzug Turnschuhe trägt und lispelt.«

»Unmöglich!«, rief Oames.

»Leider doch! Der S-Fehler!«, rief Peter. »Macht's gut«, versuchte er dann die Stimme zu imitieren. »Aber wieso haben wir den nicht erkannt? Dieser falsche Anwalt ist doch direkt an uns vorübergegangen.«

»Perücke, aufgeklebter Bart, falsche Zähne, was weiß ich?«, warf Justus ein. »Wenn sich Bob so sicher ist, ist das doch Indiz genug.«

»Na schön«, schaltete sich Deborah ein. Bisher war sie der Unterhaltung stumm gefolgt. »Einen Plan haben wir aber jetzt immer noch nicht.«

»Richtig«, nahm Bob den Faden wieder auf. »Kennen Sie Silvie Oames?«, fragte er etwas unvermittelt.

Deborah bejahte. »Ihr hab ich den Vertrag zu verdanken.« Sie sah unsicher zu dem Spieleverleger, der langsam vor der Theke auf und ab ging. »Weil er deine Unterschrift trug, hab ich dich verdächtigt«, meinte sie leise.

»Rufen Sie Silvie an und sagen Sie ihr, Sie wüssten, wo ihr Vater ist.« Bobs Blick blieb an Oames hängen. »Kennen Sie die Telefonnummer vom Handy Ihrer Tochter?«

Er nickte.

Und dann schlug Bob vor Silvie, Henry und dessen Frau zur Aussichtsplattform zu locken. Dort sollten sie das Lösegeld übergeben.

»Aber warum sollten sie überhaupt kommen, wenn das stimmt, was Justus denkt?« Peter runzelte skeptisch die Stirn. Bob sah Oames scharf an. »Weil uns Mr Oames etwas verraten wird, was nur er und seine Kinder wissen können.«

»Und was, wenn das Geld schon längst Richtung Los Angeles abgedampft ist?« Justus zupfte an der Lippe.

Aber auch darauf hatte Bob eine Antwort parat. »Lässt sich leicht herausfinden. Jedenfalls, wenn sie denselben Plan verfolgen wie gestern Abend. Wir brauchen bloß am Flughafen die Starts zu erfragen.«

Justus nickte. »Sammy Brown«, erinnerte er sich plötzlich. »Die soll uns helfen.« Peter warf ihm einen fragenden Blick zu. »Erklären wir dir später«, beschied Justus und wandte sich an Deborah. »Gibt's hier Telefon?«

Die schüttelte den Kopf. »Oben an der Straße ist eine Zelle«, sagte sie und fügte hinzu: »Das ist auch die, von der ich angerufen habe.«

»Mir ist das Geld nicht so wichtig«, beteuerte Oames.

»Aber uns«, unterbrach ihn der Zweite Detektiv etwas vorlaut. »Das brauchen wir als Beweis.« Er räusperte sich. »Tut mir Leid. Aber sonst könnten sich Ihre Kinder viel zu leicht herausreden.«

»Unsere Theorie ist, dass ihre Entführung ausgenutzt werden sollte um diese Summe vom Firmenkapital abzuzweigen«, kam Justus dem Freund zu Hilfe. »Das können wir nur beweisen, wenn wir diese blaue Geldtasche finden. Wir sind sicher, dass sie sich im Besitz der beiden Herrschaften befindet oder in Kürze befinden wird, die uns überfallen haben. Sie sind die Helfershelfer. Die werden zur Übergabe erscheinen, die Entführer mimen – und dann haben sie zweieinhalb Millionen Dollar Lösegeld.«

Oames sah plötzlich müde aus. Aber dann straffte er seine Schultern. »Du brauchst am Telefon nur ›Mary Lou‹ zu sagen«, teilte er Deborah in geschäftsmäßigem Ton mit. »Das war unser erstes kleines Boot.« Wieder wechselte er unvermittelt das Thema. »Ich schlage vor, dass wir uns trennen. Debby telefoniert und ich komme mit ihr auf einem Schleichweg zur Aussichtsplattform.«

»Und wir kümmern uns um den Flughafen. Dann

kommen wir ebenfalls zum Turm«, ergänzte Justus und sah auf die Uhr. Noch immer konnte er die roten Striemen seiner Fesseln erkennen. »Es ist halb elf. Um zwölf treffen wir uns.«

»High Noon«, meinte Deborah. »Wäre auch ein schöner Titel für ein Spiel.« Sie zuckte die Schultern und drängte dann zum Aufbruch.

Doppeltes Spiel

Der Angelhaken war rasch ausgeworfen. Deborah köderte Silvie mit dem Stichwort »Mary Lou«. Peter alarmierte mit verstellter Stimme die Polizei. Das dritte Telefonat mit Sammy Brown hatte weit reichende Konsequenzen. Sie wollte die Jungs an der Abzweigung in South Lake Tahoe erwarten.

»Ci sta ascoltando qualcuno«, gab sie Bob ein italienisches Rätsel auf, das dank Justus' Lateinkenntnissen rasch entschlüsselt war: Sammy wurde offenbar belauscht. Dennoch berichtete sie, dass die CA-OED 55 noch immer im Hangar stand und auch nicht zum Abflug angemeldet war.

Seit sie das Ferienhaus verlassen hatten, waren die drei ??? besonders auf der Hut. Auch wenn es nicht wahrscheinlich schien, dass einer der Männer als Beobachtungsposten zurückgeblieben war, wollten sie eine zweite Überrumpelung an einem Vormittag auf jeden Fall vermeiden.

»Ein toller Typ, dieser Oames«, unterbrach Bob das Schweigen, während sie auf South Lake Tahoe zufuhren.

»Tut einem aber auch Leid«, nahm Justus den Faden auf. »Geld allein macht eben doch nicht glücklich«, zitierte er einen Lieblingsspruch von Onkel Titus.

»Stell dir mal vor, dass er gleich live miterleben muss, was seine Kinder für ein Spiel treiben«, meinte Peter nachdenklich. Justus' Erzählung von der »Suche nach der verlorenen Zeit« ging ihm durch den Kopf.

Sammy war schon von weitem zu sehen. Sie stand neben einem auf Hochglanz polierten Motorrad. »Einer von euch muss mitkommen«, entschied sie ohne lange Einleitung. »Seit gestern Morgen gibt es einen neuen Techniker auf dem Flughafen, der so viel von Technik versteht wie ich vom Querflötespielen.« Sie unterstrich ihre Mitteilung mit luftigen Fingerbewegungen. »Und die Maschine, nach der du gefragt hast...«, Sammy deutete durch das heruntergekurbelte Wagenfenster auf Bob, »...war schon zweimal zum Start angemeldet, ist aber nicht geflogen.«

»Kommt das öfter vor?«, fragte Justus.

»Schon.« Das Mädchen nickte. »Aber die Frau hat ziemlich wichtig getan.«

»Wer von euch beiden kommt mit mir?«, fragte Justus. Dabei wusste er, dass die Entscheidung schon gefallen war. Peter würde sich so lange zieren, bis ihm die Rolle zufiel, Sammy zu begleiten. Bob hatte denselben Gedanken und von vornherein kapituliert.

Erfreut sprang Peter aus dem Auto. »Aber bis zwölf Uhr da oben, das werde ich vielleicht nicht schaffen«, meinte er. »Dann müsst ihr erst mal ohne mich auskommen.« Justus versicherte, sie würden es schon schaffen, und Peter schwang sich hinter Sammy auf das Motorrad. Winkend fuhren sie los. Bob rutschte auf den Fahrersitz und startete den Wagen. Oames hatte ihnen eine Stelle an der Küstenstraße beschrieben, an der sie den Wagen parken konnten um von dort aus, ohne in der Villa aufzufallen, zum Aussichtsturm zu gelangen. Bob fand den Platz sofort. Justus holte Peters Feldstecher aus dem Handschuhfach, sie zogen ihre dicken Jacken an und marschierten los.

Die Schneewolken hatten sich verzogen, stattdessen stand die Sonne am blitzblauen Himmel. Ihre Strahlen zogen helle Streifen zwischen den vielen Nadelbäumen, die ihren Weg nach oben säumten. In kleinen Rinnsalen floss Schmelzwasser Richtung See.

Zügig gingen sie den schmalen Schlangenweg durch den Wald hinauf. Oames hatte ihn selbst angelegt und war sicher, dass ihn niemand sonst kannte. An einem Futtertrog gab es, verdeckt durch zwei Büsche, eine Abzweigung zu dem Wanderweg, der von der Villa heraufführte. Auf einer Lichtung stießen sie, genau wie es der Spieleverleger beschrieben hatte, auf einen Hochsitz. Wortlos kletterten sie die Holzleiter hinauf. Nicht nur das Haus, auch der Weg durch den Wald war von dieser Stelle aus immer wieder einzusehen.

Justus sah auf die Uhr. »Zwanzig vor.« Er spürte ein Kribbeln im Magen, das nichts mit Hunger zu tun hatte, sondern ihn öfter befiel, wenn ein Fall kurz vor der Auflösung stand.

»Und wenn wir uns irren?«, fragte Bob.

»Wir irren uns nicht«, widersprach Justus bestimmt. »Gleich wird da unten eine Prozession starten.«

Tatsächlich öffnete sich genau fünf Minuten später die Eingangstür und Henry, seine Frau und seine Schwester kamen heraus.

Bob richtete sein Fernglas auf die Szenerie. »Ich glaub, die sind ganz schön aufgeregt«, berichtete er, »jedenfalls Henry.«

»Wenn wir vor ihnen oben sein wollen, müssen wir langsam los«, meinte Justus, stand auf und ging zur Leiter.

Bob hielt ihn fest. »Vielleicht wäre es besser, wir lassen der feinen Gesellschaft den Vortritt.«

Justus runzelte die Stirn. Er konnte die Vorteile nicht auf Anhieb erkennen, die Nachteile schon. »Damit die dann da oben auf der Plattform stehen und uns auf dem Präsentierteller in Empfang nehmen können?«, sagte er etwas spitz.

»Wir nehmen Oames' Schlangenweg«, beharrte Bob auf seinem Vorschlag. »So können wir sie im Vorbeigehen belauschen.«

Justus gab nach. Er war keineswegs von dieser Idee überzeugt. Was sollte es da schon zu hören geben? Obendrein schauderte ihm bei dem Gedanken, den steilen Geheimpfad hinaufzuhetzen um nicht zu spät oben anzukommen. Aber das musste er Bob ja nicht auf die Nase binden.

Sammy verblüffte Peter nicht nur durch ihren souveränen Fahrstil. Gleich nachdem sie auf dem Airfield angekommen waren, drückte sie ihm einen Mechanikeroverall in die Hand.

»Damit du nicht sofort auffällst«, sagte sie und der Zweite Detektiv fragte sich, ob sie einfach schnell von Begriff war oder nur zu viele Fernsehkrimis gesehen hatte.

»Ihr seid doch jemandem auf den Fersen«, fuhr sie fort und es hörte sich mehr wie eine Feststellung denn als eine Frage an. »Es hat sich bis Baldwin Beach herumgesprochen, dass die Polizei in der Villa ein und aus geht.«

Spontan entschied der Zweite Detektiv das Mädchen einzuweihen. In knappen Sätzen erzählte er ihr von der Entführung samt Familienintrige. Sein Entschluss wurde sofort belohnt.

»Ich kenne den Mann mit dem S-Fehler«, sagte Sammy in aufreizend selbstverständlichem Tonfall. »Der war gestern nach neun Uhr abends hier. Mit einem Mr Greenway oder so ähnlich.«

»Wie bitte?« Peter zog erstaunt die Augenbrauen hoch.

»Sie haben sich mit diesem neuen Techniker getroffen. Du weißt schon, der, der keiner ist!«

Peter kratzte sich am Kopf. Spielte der Anwalt ein doppeltes Spiel? Immerhin war es ihm möglich, auch vor der Scheinübergabe an die 2,5 Millionen Dollar zu kommen.

»Ist der Techniker jetzt hier?«, fragte er etwas gequält. Die rasante Motorradfahrt durch die sonnige Winterlandschaft hatte ihm ausgesprochen gut gefallen. Nicht so gut gefielen ihm jetzt diese Komplikationen, auf die er nicht gefasst gewesen war. Aber Justus und Bob würden es ihm nie verzeihen, wenn ihnen das Lösegeld durch die Lappen ging.

Sammy nickte. Sie gingen vom Umkleideraum in die kleine Halle. Plötzlich spürte Peter den Ellenbogen des Mädchens in seiner Seite. »Da ist er«, flüsterte sie. Der Zweite Detektiv sah von hinten einen schwarzhaarigen Mann an den beiden großen Fenstern vorübergehen. »Schon mal gesehen?«, wollte Sammy wissen.

Peter schüttelte den Kopf und sah das Mädchen von der Seite an. Vielleicht, dachte er, hat sie doch nur zu viele Krimis gesehen.

Er sah auf die Uhr. Es war zwanzig vor zwölf. Wenn er sofort aufbrach, konnte er noch rechtzeitig beim Aussichtsturm sein. »Ist die Maschine startklar?«, fragte er Sammy.

Das Mädchen nickte. »Das schon. Aber nicht angemeldet.«

»Also kann sie auch nicht starten?«

»Kann sie schon. Aber am Zielflughafen würde sie einiges Aufsehen erregen.« Sammy senkte die Stimme. »Und das tun richtige Verbrecher doch selten freiwillig, oder?«

Peter bereute inzwischen das Mädchen eingeweiht zu haben. »Bringst du mich zur Emerald Bay?«, fragte er knapp.

»Klar«, antwortete Sammy.

Im selben Moment tauchte am breiten Tor der Flugzeughalle der Techniker auf. Im Gegenlicht sah Peter seine Silhouette, dann sein Profil. Er schrak zusammen. Er kannte den Mann doch.

»Wir müssen weg«, zischte er zu dem Mädchen hinüber. »Aber ohne dass er uns sieht. Und dann brauch ich ein Telefon.«

Sammy nickte bloß. Mit den Augen dirigierte sie ihn zu einer schmalen Tür, die nur ein paar Schritte entfernt war.

High Noon

Die Gruppe kam immer langsamer voran. Die beiden Frauen schimpften gehörig über den anstrengenden Aufstieg. Henry machte einen nervösen Eindruck. Justus und Bob konnten beobachten, wie er die pralle blaue Tasche mal unter den einen und mal unter den anderen Arm klemmte.

»Und da sollen zweieinhalb Millionen Dollar drin sein?«, murmelte Justus ungläubig und überschlug, wie viel Raum fünfundzwanzigtausend 100-Dollar-Noten einnehmen würden.

»Warum hast du diesem Übergabeort zugestimmt?«, hörte er, bevor er mit seiner Rechnung zu Ende war, die schrille Stimme von Oames' Schwiegertochter.

Bob warf Justus einen triumphierenden Blick zu, der so viel bedeuten sollte wie: Siehst du, diesmal hab ich Recht behalten.

»Halt doch den Mund«, zischte Henry zurück. Das Klima zwischen den beiden hatte sich in den vergangenen drei Tagen offenbar nicht verbessert. »Es geht um Vaters Leben und du meckerst wegen zehn Minuten Fußweg.«

»Fußweg«, äffte ihn seine Frau nach. »Kletterei ist das, Kletterei wie in den Alpen.«

Vom Hochsitz aus sah Bob Silvies zornige Geste. Sie ging am Ende des kleinen Zuges, der nur noch einen Steinwurf entfernt vorbeizog. »Und jetzt?«, flüsterte er.

Mit dem Kopf deutete Justus zu dem Schlangenweg hinüber und hintereinander liefen sie los. Nach drei Serpentinen konnten sie den Aussichtsturm zum ersten Mal sehen. Bob ging voran. Ab und zu drehte er sich nach Justus um. Der ärgerte sich darüber. Als ob ich eine Schnecke wäre, dachte er. Ohne Zwischenfall erreichten sie den Vorplatz. Justus deutete auf den Turm. Bob verstand sofort und klopfte leise kurz-lang-lang-kurz an die kleine Metalltür. Das Signal wurde unverzüglich erwidert. Oames war also da.

Sie stiegen auf die Plattform. Der gemauerte Ausgang der Wendeltreppe bot ihnen ein praktisches Versteck. Justus spürte wieder dieses Kribbeln im Bauch, als er sich den Augenblick vorstellte, in dem Henry und die beiden Frauen auf der Bildfläche erscheinen würden.

Sie drückten sich zwischen die Treppe und das Geländer des Turms. Dann lauschten sie angestrengt in den Wald. Sanft strich der Wind durch die Bäume und das tropfende Geräusch tauender Eiszapfen machte die Idylle perfekt.

»Sie kommen«, raunte Justus.

Jetzt hörte auch Bob das Schnaufen. »Die müssten unbedingt mehr Sport treiben«, sagte er leise. »Stattdessen wollen sie ihren alten Herrn verschaukeln.«

Die Gruppe hatte den Vorplatz erreicht.

»Und wo soll das jetzt sein?«, fragte Henrys Frau atemlos.

»Oben«, lautete die knappe Antwort. »Ganz oben auf der Plattform.«

»Dann also hinauf«, übernahm Silvie das Kommando.

Justus merkte, dass er kalte Hände bekam. Was, wenn Henry durchdrehen und gewalttätig werden würde? Aber dann rief er sich selbst zur Ordnung. Nicht schon wieder einen von diesen Wenn-Sätzen, dachte er. Auf der Wendeltreppe klapperten Schuhe. Der Erste Detektiv spürte, wie Bob neben ihm die Schultern anspannte. Sie sahen den Schatten einer Gestalt auf der Aussichtsfläche auftauchen. Er mischte sich mit einem zweiten und kurz danach mit einem dritten.

Justus tippte Bob auf die Schulter, dann sprangen sie gleichzeitig aus ihrem Versteck. »Guten Tag, Mr Oames«, sagte Justus mit fester Stimme. Bob baute sich breitbeinig vor dem Abgang auf.

Verblüfft starrten die drei auf sie. Henry öffnete den Mund um etwas zu sagen, aber es kam kein Laut heraus.

»Verschwindet!« Die Blondine fasste sich als Erste. Ihre Stimme überschlug sich. »Macht, dass ihr hier wegkommt!«

»Das werden wir nicht«, erwiderte Justus. Er war jetzt ganz kühl. »Wir haben mit Ihnen zu reden. Und Sie werden uns zuhören.«

»Ihr?«, sagte Henry vollkommen entgeistert. »Ihr habt meinen Vater in eurer Gewalt?«

»Auf diese Frage müssten Sie die Antwort doch selber wissen«, konterte Bob, der sich sofort von Justus' selbstsicherem Auftreten hatte anstecken lassen. »Außerdem sind wir nicht hier um am lebenden Objekt ein neues Spiel auszuprobieren. Sondern jetzt werden Ihre Machenschaften aufgedeckt.«

»Machenschaften? Was soll das heißen?« Oames' Blick

flackerte. Dann sah er von den Jungs zu den beiden Frauen.

Silvie war bisher auffallend ruhig geblieben. Sie erinnerte Justus an ein Raubtier, das kurz davor war, seine Beute anzuspringen. Vorsichtshalber rückte er etwas näher zu Bob.

»Sie setzen das Leben Ihres Vaters aufs Spiel um Geld aus dem Firmenkapital für Ihr aufwendiges Leben abzuzweigen«, sagte er mit schneidender Stimme. »Sie haben längst gewusst, wo sich Ihr Vater befindet. Trotzdem haben Sie der Polizei den besorgten Sohn vorgespielt.«

»Und die Sache mit dem Kellerraum«, setzte Bob fort, »läuft vor Gericht schlicht und einfach auf Freiheitsberaubung hinaus. In fünf Fällen.«

»Was?« Henry riss die Augen auf. Angst stand in seinem Gesicht. »Wovon redet ihr überhaupt?«

»Spielen Sie hier nicht den Unschuldigen«, fuhr Bob ihn an. »Das nützt Ihnen nichts mehr. Ihr Spiel ist aus.«

Einen Augenblick zu lange hatten sich Justus und Bob auf Henry konzentriert. Mit zwei schnellen Schritten war Silvie zwischen ihnen. Sie riss ihrem Bruder die blaue Plastiktasche aus der Hand und stieß Bob mit aller Kraft zur Seite. Er taumelte, streckte im Fallen den Arm nach der jungen Frau aus und bekam sie an der Jacke zu fassen. Wuchtig holte sie aus und traf mit der Geldtasche seinen Kopf, so dass er vollends zu Boden ging und Justus mitriss. Im nächsten Augenblick sprang Silvie die Treppe hinunter.

Mühsam rappelten sich Justus und Bob wieder hoch. Gerade rechtzeitig um zu sehen, wie Oames' Schwiegertochter den Kopf senkte und auf sie losrannte. Aber ein zweites Mal ließ Bob sich nicht überrumpeln. Er fasste blitzschnell zu und packte die Frau am Arm. »Du tust mir weh«, rief sie und versuchte sich fallen zu lassen.

Justus, der die ganze Zeit über den vollkommen regungslosen Henry nicht aus den Augen gelassen hatte, machte ein paar Schritte auf die Frau zu. »Hören Sie auf!«, schrie er sie an. »Das hat doch keinen Sinn!«

Die Antwort war ein gellender Schrei.

»Du sollst aufhören!«, rief plötzlich eine Stimme. Und im nächsten Augenblick herrschte völlige Stille.

Hinter Bobs Rücken kam Michael Julius Oames die Treppe herauf. Wortlos betrat er die Plattform. Jetzt kam wieder Leben in Henry. Er starrte seinen Vater mit fahlem Gesicht an, den Arm angewinkelt, als hielte er noch immer die Geldtasche. »Das alles hat Silvie eingefädelt«, hauchte er. Dann ließ er den Arm wie eine Marionette fallen.

»Verräter!«, schrie seine Frau und schlug mit der freien Hand auf die steinerne Brüstung ein. »Du mieser kleiner Verräter!« Ihre blinde Wut ließ sie den Schmerz offenbar nicht spüren. An ihrer Hand zeigten sich blutige Schrammen.

Justus konnte seine Verblüffung nicht verbergen. »Silvie? Ist das Ihr Ernst?« Ratlos sah er erst zu Oames, dann zu Bob. Dessen Gesichtsausdruck ließ erkennen, wie peinlich ihm diese Art Familientreffen war. »Hören Sie«, sagte er zu Henrys Frau und fing in der Luft ihre Hand auf. »Jetzt ist Schluss damit.« Sie stutzte. »Wenn Sie versprechen nicht zu türmen, lasse ich los«, sagte er sanft.

Henry Oames kam zwei Schritte auf sie zu. »Silvie hat in Las Vegas ihr Geld verspielt«, sagte er leise. »Als sie erfuhr, dass Vater entführt worden war, witterte sie eine Chance, an viel Geld zu kommen.« Er pflanzte sich vor seiner Frau auf, die mit glasigen Augen in die Landschaft starrte. »Gemeinsam hätten wir sie vielleicht davon abbringen können. Aber du musstest dich ja unbedingt auf ihre Seite stellen.« Er hob den Arm, als wollte er ihr übers Haar streichen. Aber dann ließ er ihn wieder fallen, mit derselben puppenhaften Bewegung wie zuvor. »Ihr seid beide krank«, sagte er leise, »richtig krank seid ihr.«

»Alle Welt denkt, Ihre Familie sei so reich, dass Sie gar nicht wissen, wohin mit dem vielen Geld.« Bob schluckte. Er ließ Mrs Oames nicht aus den Augen.

»Reich, reich, reich!« Ihre Stimme überschlug sich wieder. »Du bist ein Schwächling! Wolltest immer nur so werden wie dieser großartige Vater!« Sie lachte hysterisch.

Henry sah sie leer an. Beide hatten überhaupt keine Ähnlichkeit mehr mit dem nicht besonders sympathischen, aber sehr attraktiven Paar, das vor drei Tagen im silbernen Chevrolet vorgefahren war.

Bob schüttelte sich. Ihm war das alles zuwider. Außerdem nahm er sich immer noch übel, dass er Silvie hatte entkommen lassen.

»Wir gehen«, entschied Oames senior mit kräftiger Stimme.

»Wohin?« Der Blick seines Sohnes flackerte.

»Nach Hause«, antwortete Oames, »und dann ...« Er sah seinen Sohn traurig an. »Und dann zur Polizei. Das kann ich dir nicht ersparen.«

Plötzlich waren wieder Schritte zu hören. Peters Haarschopf tauchte auf der Wendeltreppe auf. »Hallo!«, rief er in bester Stimmung, die so gar nicht zu der Szenerie auf dem Aussichtsturm passte. Aber er hatte allen Grund dazu: »Hier, seht mal!« Er reckte die prall gefüllte blaue Plastiktasche in die Höhe.

»Und Silvie?«, fragte Bob verblüfft.

»Ist in ihrem wunderbaren Porsche auf und davon«, sagte Peter salopp. »Auf dem Weg dorthin hatte sie es derart eilig, dass sie die Tasche weggeschmissen hat.«

»Mist!«, entfuhr es Bob.

Peter beruhigte ihn. »Keine Sorge! Sammy hat die Polizei alarmiert.« Dann sah er unsicher zu dem Spieleverleger hinüber. Aber der nahm diese Mitteilung ohne jede Regung zur Kenntnis. »Und? Wie ist hier die Lage?«

»Wir brechen auf«, überging Oames Peters Frage.

»Und wir kommen mit«, sagte Bob. Er wollte Oames nicht im Wald mit seinen Kindern allein lassen.

»Also, gehen wir.« Mit einer herrischen Handbewegung deutete der Spieleverleger nach unten. Seine Schwiegertochter gehorchte. Ihr folgte Henry, dann kam Oames selbst, hinter ihm Bob und Peter. Als Letzter steuerte der Erste Detektiv auf die Treppe zu. Er ließ noch einmal seinen Blick über diese wunderschöne Spielzeuglandschaft schweifen, mit dem blauen See, dem blendend weißen Schnee, der sich da und dort noch immer gehalten hatte, und dem blaugrün strahlenden Himmel. Tief atmete er die klare Luft ein. Peter, der schon auf der Treppe war, wandte sich nach ihm um. »Es könnte so schön hier sein«, sagte Justus melancholisch.

»War's so schlimm?«, fragte Peter und kam noch einmal zurück auf die Plattform. Dann boxte er Justus freundschaftlich in die Rippen. »Komm. Da unten ist jemand, der jetzt erst recht unsere Hilfe braucht.«

Die drei ??? lagerten vor dem knisternden Kamin am Boden rund um »Labyrinth ohne Ausweg« und schoben lustlos die Spielkarten hin und her. Vor acht Stunden war Oames mit Henry und seiner Schwiegertochter zur Polizei gefahren. Silvie war gefasst worden und Deborah hatte sich selbst gestellt.

»Ich bin müde und gehe ins Bett«, verkündete Tante Mathilda und erhob sich aus ihrem Ledersessel. »Gute Nacht«, sagten die Jungs im Chor. Oames hatte versprochen sie nach seiner Rückkehr noch zu besuchen. So lange wollten sie auf jeden Fall aufbleiben.

»Habt ihr Lust, ein anderes Spiel zu probieren?«, fragte Justus, aber Bob und Peter winkten ab.

»Ich möchte nicht in seiner Haut stecken«, kehrte der Zweite Detektiv noch einmal zum Thema zurück, das sie schon während des Abendessens ausgiebig mit Tante Mathilda hin und her gewälzt hatten.

»Wenn Silvie wirklich spielsüchtig ist, dann war ihr Motiv wenigstens nicht nackte Habgier«, gab Justus zu bedenken, während er das Spiel einräumte.

Bob schwieg. Seine Gedanken kreisten noch immer um die Szene auf der Aussichtsplattform. Einen derartigen Auftritt hatte er noch nie erlebt. Je länger er darüber nachdachte, desto größer wurde sein Mitleid für Henry.

Peter hörte das Auto als Erster. Sie sprangen auf und

gingen durch die Diele zur Haustür. Oames war nicht allein, Mandy war bei ihm. Sie fuhr das Auto in die Garage, während der Verleger das Ferienhaus ansteuerte.

Er sah abgespannt aus, schien aber weniger bedrückt als am Mittag bei der Abfahrt zur Polizei. Als Peter ihn im Kaminzimmer fragte, was er trinken wollte, entschied er sich für ein Glas Whisky.

»Mister Oames...«, begann Justus.

»Justus Jonas«, unterbrach ihn der Spieleverleger. »Zuerst ich, dann ihr, okay?« Die Jungs nickten. Oames sah von einem zum anderen. »Ich muss euch danken«, fing er an und zuckte, was gar nicht zu seinem sonstigen Auftreten passte, seltsam verlegen die Schultern. »Wer weiß, wie die ganze Sache ausgegangen wäre, wenn ihr euch des Falles nicht angenommen hättet.« Dann berichtete er, dass die Polizei sowohl gegen Deborah als auch gegen seine Kinder und Henrys Frau ermittelte. Vorerst blieben aber alle auf freiem Fuß. Silvie hatte sich in die Obhut eines Arztes begeben.

»Und der angebliche Anwalt?«

»Ist auch ein Spieler«, antwortete Oames.

»Und wollte Ihre Tochter austricksen, hab ich Recht?«, warf Peter ein. »Gemeinsam mit seinem Komplizen, mit dem er uns auch überfallen hat.« Er sah Oames stolz an.

Der nickte anerkennend. »Ihr habt wirklich gute Spürnasen.«

»Nur was es mit Greenwater auf sich hat«, schaltete sich Justus ein, »das haben wir nicht herausgefunden.«

»Der ist sauber, sagt die Polizei. Es gibt tatsächlich so etwas wie Spezialisten für Entführungsfälle. Henry wollte, dass er mich an einen sicheren Ort bringt, wenn ich frei bin.« Oames brach ab und starrte ins Feuer. Plötzlich straffte er sich. »Wisst ihr was? Morgen gehen wir gemeinsam Ski fahren. Die nächsten Wochen werden nicht leicht für mich. Da können ein paar Stunden in guter Gesellschaft nicht schaden.«

»Nehmt ihr mich mit?« Mandy war unbemerkt hereingekommen.

»Natürlich!« Peter sprang auf und bot ihr einen Platz an. Aber Mandy meinte, sie wollte doch lieber schlafen gehen nach diesem aufregenden und anstrengenden Tag.

Die drei ??? brachten sie zur Tür. Justus überlegte, wie er die beiden Freunde loswerden konnte, aber ausnahmsweise fiel ihm nichts Passendes ein. Er räusperte sich. »Ich hätte noch eine Frage, äh, eine Bitte«, wandte Justus sich an Oames.

»Und zwar?«

»Also, ich, wir, also ich ...«, stotterte der Erste Detektiv. Dann gab er sich einen Ruck. »Ich möchte ein Spiel erfinden.«

Bob und Peter prusteten los.

»Ein Detektivspiel«, sagte Justus. »Eine Idee habe ich auch schon.« Jetzt war er es, der kicherte. »Und drei Jungs wie wir spielen die Hauptrolle.«

KOSMOS
MEISTER-DETEKTIV
Spurensuche mit Fingerabdruckpulver
Profi-Fingerabdruckkartei
Fotodokumentation mit Kleinbildkamera
Detektivausweis
Spezialschieblehre zur Spurenauswertung
Berichtsbogen
Abform-Knetmasse

Für Mädchen und Jungen ab 10 Jahren

Band 70433 Ab 10

Band 70434 Ab 11

Als die Schröder-Erben ins Nachbarhaus von Paul Walser, genannt Paul Vier, ziehen, ist in dem kleinen Städtchen Bergwald die Hölle los. Nicht nur daß die »Neuen« höchst seltsame Namen tragen, sie sind auch sonst alles andere als das, was sich die spießigen Ulmenstraßenbewohner unter »artigen« Kindern vorstellen …

Band 70384 Ab 11

dtv junior

Spannung, Spannung …

Band 70459 Ab 11

Ben liebt Computerspiele über alles, besonders seine Neuerwerbung »Die Stadt der Kinder«. Doch irgendetwas läuft schief im 4. Level. Was eigentlich nur auf dem Bildschirm passieren sollte, wird plötzlich unheimliche Realität: Alle Erwachsenen verschwinden aus der Stadt! Zunächst sind Ben und seine Freunde begeistert, endlich können sie all das tun, was sie schon immer mal machen wollten. Doch dann begreifen sie langsam den Ernst der Lage…

Band 70475 Ab 11

Als Ben einen Ring findet, mit dem man Gedanken lesen kann, ist er zunächst total begeistert. Doch dann fällt diese geniale Erfindung ausgerechnet seinem Erzfeind Kolja in die Hände und Ben und seine Freunde kommen ganz schön in Bedrängnis. Vor allem, weil es unmöglich scheint, Kolja den Ring wieder abzunehmen: denn wer Gedanken lesen kann, dem kann man kaum etwas verheimlichen…

dtv junior